落褲記

熊家基◆著

序言：一生一世讀不完

綺莉思

熊家基老師的前作是《揚子江邊的故事》，這部作品堪稱民國初年的歷史探險之旅。《落褲記》這部散文集則是熊老師豐富精彩的生平故事。《落褲記》這，顧名思義就是男主角在台上演出時，褲子當眾落下的窘態。熊老師妙筆生花，僅用短短的篇幅就還原出當年令人莞爾的青澀回憶。而他的一生就由此篇揭開序幕，讀者隨著他輕鬆詼諧的筆調，穿越時空，身歷其境地感受他的所思所想與生命裡的悲歡離合、喜怒哀樂。

「人間裡的世代交替，多半不能無縫接軌，總有些關鍵的珍貴事物被遺落下來吧？……」這是我閱讀熊老師大學時代，不由自主發出的感慨。他在台灣的大學時代把人們的目光拉回台灣經濟起飛的美好時代，電影產業裡那「雙林雙秦」的年代，浪漫綺麗兼具陽光開朗的氣息，那是最純粹善良的年代。隨著時光遞嬗，有些令人憧憬的東西被遺忘在時光隧道裡，於是一縷惆悵蔭上我的臉面。

熊老師的交友經歷多采多姿，他這群可愛、可敬的朋友們，用自身的生命模樣側寫出一整個時代的風貌與風情，閱讀文字的後座力更具象立體，我彷彿在觀賞一部時代的紀錄片，真實而迷人！

或許因為家世關係，熊老師的眼界比同齡人更高遠寬闊。他早年留學西方的經歷，讓他的藝術品味和美感更開放活潑。即使步入中年後，他觀看世界的眼光、他關懷朋友的胸膛裡仍洋溢著青春的氣息，他的字裡行間流露浪漫體貼、天真直率的性格，讀者都能由處處細節裡感受體會作者的人文素養。

有幸拜讀熊老師的作品，宛如聆聽智者的忠言。他坦率真誠，於是他真摯的文字如繁星閃耀於蒼穹之上。他生於憂患、長於憂患，於是濃厚的國族情感進一步深厚他的待人接物與人情事理。在他的創作裡，字字句句猶如箴言，點點滴滴的情感都是他生命精華的淬鍊，既視感逼真且預示感濃厚，讓身為魁北克中生代台灣移民的我，清晰地從中溫習我過往的海外經驗，甚至能模擬懷想未來的生活景況。

張愛玲曾說：「人性是最有趣的書，一生一世看不完。」海外移民們不僅在中西文化的夾縫與交疊裡，用盡生命的力氣搓揉、弭平文化差異，更得在閱讀人性之虞，保留清醒的理智看顧身後的原生文化、學習眼前的新生文化，凡此種種皆不易。熊老師的作品之所以難能可貴，正是因為他將這些心路歷程的升騰跌宕、箇中滋味，誠實地刻劃出來。在這些寶貴的文字面前，他對自己誠實、對過往誠實。

袒露誠實是需要相當的勇氣與力量！當你開始閱讀這部作品，你一定能感受到勇氣與力量的美善光輝，在作者生命的天秤上來回激盪，在亙古綿長的生命史裡迴盪不已！

自序

假如有人問我：「除了你的童年，什麼階段是你一生最快樂的時光？」，我會豪不遲疑的回答：「大學時代」，的確十八，九歲的少男少女剛進大學一切都覺得新鮮，尤其遠離家中住校的同學，沒有父母隨時在旁的管束更是自由，學校社團多活動也多如平劇、話劇、文藝社由你選擇，週末的舞會及週日的郊遊，更是令人嚮往，按照中國人的風俗孩子們的學費、生話費都由父母去傷腦筋，真是無憂慮，直到大學畢業，才領會到社會的殘酷及險惡，沒有人事關係一職難求，尤其在七〇年代，年輕人出國留學成一窩風，一來可以有機會追求較高的物資生活的慾望，再者每戶人家如有孩子出國留學認為是光耀門面，殊不知外國的月亮並不如想像中那麼圓，留學生語言的困難，生活的寂寞，種族的歧視，這種痛苦是一般人沒法想像得到的，在北美生活了一段時期才深深體會到誠如一般人所說：這兒是「兒童的天堂」；孩子讀書沒有壓力，父母辛苦的工作一直在培養孩子的興趣及滿足他們的物資生活，「青年人的戰場」：這是一個很現實的社會，你不努力沒有北美教育文品很難找到理想工作，故有許多中國留學生一輩子在餐館打工，辜負了父母當年對他們的期望，「老年人的墳場」，在此地生活的老年人多半是生活在空虛、寂寞中，做子女的們為了生活及照顧自己的家庭，往往把老年人送進養老院，一年難得來看望幾次，沒有子女的老人生活更是不堪想像。

這本著作中繪集了筆者在大學及留學加拿大期間的生活的體驗及故事，從這本書中，筆者不但會悟出中西文化風俗的不同，也品嚐了人生的酸甜苦辣，這是筆者繼《揚子江邊的故事》，第二本著作，我呈現給親愛的讀者，希望你能喜歡。

特別感謝加拿大蒙城中文語學校的林怡君老師的建議及寫序言，程曉明老師的校對，老伴敏文生前對我之鼓勵及支持，兩位兒子邦平、邦安這四年來對我之細心照顧以使我能安心寫作。

目次

第一章

大學時代

捕蟲記

記得大三那年，我們班上及低一班的同系同學都參加了當時由救國團主辦的台灣暑期採集活動，領隊的是台灣著名的昆蟲分類學家張書忱教授及軍訓教官屠教官，我們搭公路局車前往在谷關下車，然後向二千公尺的高山挑戰，張教授帶頭，每人爬得是汗流夾背，東倒西歪，張教授好像沒事一樣連氣都不喘一下，經過五小時的痛苦掙扎，終於達到佳保台的森林招待所，男女分開打地舖，每八人擠一個小房間，山高夜寒，六月天還得穿毛衣，招待所的管理員的女主人親自主廚做了一桌晚餐，或許大家爬山消耗了太多體力，吃得盤盤光，女主人又去燒了一鍋飯，半開玩笑的對我們說，看樣子明天要下山買米了，因為我們這一頓竟吃了他們兩口子半個月米糧，這晚大家很累，東南西北的閒聊了一陣子就去睡了。次日四點半起床，吃了早餐大家紛紛拿了蟲網、瓶子、罐子、背包、相機等待出發，此時從高山往下望，只見茫茫一片雲海，當陽光從中破綻而出，宛如仙女在雲上撒了一層金沙，其景色美麗得令人嘆為觀止。

張教授對我們說：「今天我們要走吊橋到隔鄰的一座山去採點半翅目的昆蟲」，大家一路嘻嘻哈哈，覺得今天比昨日背行李爬山五小時要來得輕鬆多了，張教授領頭大步走過吊橋，緊跟著的女同學只走了幾步已開始緊張起來，個個把身子縮成一團，緊抓著旁邊的繩索，不敢朝下望，男孩子們那敢在女同學面前表演懦夫，其實個個心裡害怕，黑壓壓的吊橋老得像掉了牙，走上去又愰又響真好像繩索可以隨時斷了似的，大家都覺得命要緊，硬了頭皮直衝過橋的另一頭，剛才出發時的嘻嘻哈哈，現在卻個個變得沉默寡言，張教授打起精神說：「我們已闖過一關，現在要向左邊那塊斜坡前進，到時大家要低下身子穩住了腳才走，這時同學們不約而同的向左邊望去，這塊斜坡大釣有七十五度的直角，四週石岩沒有開路，僅靠一條斜躺在那兒陳舊的廢木軌做走道，旁邊又無把手，萬一失足跌入山谷必定粉身碎骨，個個傻了眼似的望著年過五十的張教授背了大包平平穩穩的過了山丘，這時大家才鼓足了勇氣向前邁進，可是走不了幾步，好像身子老往下墮，越向上行身子愈墮得厲害，膽怯的一些同學不能再打腫臉充胖子，跪在木軌上向上爬，此時有位同學的捕蟲瓶，碰的一聲失手掉下山谷，嚇得大家伏在木軌上不敢動，在張教授及屠教官又吼又叫的鼓勵下，大約費了點把鐘我們才陸續的爬過山丘，張教授拍拍大家肩膀說：「真行，我知道你們不會有問題的」，此時同學們都像啞子吃黃蓮有苦說不出，休息一會後，張教授帶我們向下走，石岩的另一邊猶如世外桃園，植物與生態環境與前不太一樣，在這兒捕到了許多從未見過的形狀古怪、顏色鮮豔的昆蟲，大家高興的如獲珍寶，忘了剛才的緊張與辛苦。

中午張教授帶我們走小路輕鬆的回到招待所，這時大家才弄明白：原來那兒有小路可走，張教授之所以不走為的是給大家上一課採集的經驗，讓每個人親身去體會捕蟲的辛酸與快樂。

那天下午大家都呆在所裡，把早上抓到的昆蟲分包裝袋，張教授對我們慎重的說：「今天大家收獲不少，基本上的實習分數每人都有八十分，明日一早我們將到本山頂峰去捕本省最珍貴的環紋蝶，誰捕到此蝶，下學期實習分數加十分。」每個人聽了都很興奮，也知道過去十年張教授也僅捕到一隻，即使不加實習分，誰不願意在教授及同學面前獲此榮譽。

次日大家都很早起身，尤其老揭一身行軍打扮，精神抖擻，幾位平日好爭考試分數的女同學更是各懷心計，沉默待發，一路上大家都小心觀察，非常安靜，忽然張教授一聲大吼：「就是它！」，我們抬頭一望，只見一團黑壓壓，像隻小鳥似的東西很快飛過林梢，於是大家拼了命似的往前追，老揭在大學裡是籃球校隊選手，外號叫矮腳虎，一雙腿又粗又壯，幾步跑到大家前頭，我也不甘示弱，扙著腿長手長緊跟老揭後面，眼見那團黑東西要轉向了，我與老揭不約而同的高舉著蟲網向上躍捕，就在那一剎那，我覺得自己的身子向觸了一團軟綿綿的東西而向下墮，不久才發現自己掉進一個土坑裡去了，嘴裡，耳裡及頭頂，身上都是樹葉，野草，在坑裡遠遠聽到了老揭在外大叫：「不得了，老熊掉到山谷下面去了」於是緊接著聽到一陣吱吱雜雜的跑步聲，也感覺到頭頂上的覆蓋的枝葉在不停移動，接著聽到小徐叫道：「看到了，老熊躺在坑子裡面呢」，這時才知道自己跌進的土坑竟有十來尺高，手上還緊緊的握著自己的捕蟲網呢，同學們紛紛伸下捕蟲網把我拉了上來，張教授笑哈哈的走了過來說：「既使捕不到環紋蝶，這種精神也值得讚揚」，老揭卻打趣著說：「老熊呀！這真是名符其實，這山地人用來捕熊的陷坑，今天可抓到一隻大狗熊了」，我追著他要打，大家都看熱鬧的嚷著：「小心呀！別再掉下去了」，張教授這時走過來打圓場說：「你們倆人不要吵了，讓我來看看你們網裡是誰捕到了這環紋蝶」，我對張教授說一定漏掉了，網子裡都是野草、樹葉，張教授卻說：「經常蝶類飛翔有一定途徑的，轉向之後往往會返回原途徑飛來，它卻在你們跳起捕捉之那一剎那後，既不再見那蝴蝶之蹤影，想來必定是你們其中一人捕到了，老揭一聽興奮的三五兩下把網子掏盡，失望的說：「這要看老熊的了」，我半信半疑的將網子裡的葉片撿了出來，頓時覺得有東西在下懦動，我興奮的叫了起來，大家一窩蜂的擠了過來，張教授接過了蟲網，把一隻淺褐色翅膀有五吋直徑的環紋蝶完整的挾了出來，大家見了拍手狂呼竟忘了彼此曾是競爭對手。

六十多年前的往事了，聽說那隻的環紋蝶還陳列在母校昆蟲室內，而令我們最敬佩的張書忱教授已過世多年，雖然出國後也常去採集昆蟲標本，那次採集的經驗及趣事是令我終生難忘的。

落褲記

大二那年，在偶然機會裡，被幾位熱情的同學拉進了學校平劇社，首次在五花洞裡面扮演武大郎一角，事後負責演出的幾位教授，認為以我六尺之軀扮演身高不及三尺的武大郎，確實是太委屈了，於是在次年秋季的演出，決定把我升格，排在紅鸞禧中扮演負心郎莫稽一角。

雖然莫稽這一角色也是小生戲，卻不像另一位扮演周瑜的同學，在黃鶴樓中那麼來得神氣、英俊，反觀自己將穿的那件破戲衫，前前後後補滿補丁，的確洩氣。當時心中抱定了一個主意，在正式登場那天，一定要集中全力演活這一角色，那怕下次不排給我一個重頭戲。主意定了，心情也就來得輕鬆，趁著別人下了班，溜進辦公大樓的那間高級的洗手間，對著牆上的大鏡子，比手畫腳的來揣摩劇中人的性格與表情。

半個月過去了令人興奮而又緊張的一天終於來臨。為了養精蓄銳，開演前半小時我就化好了妝，知友嘉德一直在旁給我鼓勵及照料。他像已知道我的秘密似的，也覺得這次的演出對我很重要，到後台來化裝以前，請我到福利社喝了一大瓶黑松汽水，並且帶來兩個生雞蛋給我潤喉嚨，一再勸我少講話好好保養嗓子。當時心裡在想：就是自己不抱著下次爭好角色的野心，也要把這齣戲給演好，才不辜負好友的這般希望。

時間似乎愈過愈快，也不知是否由於太緊張的關係，在距離出場還有五分鐘時，突然感到小肚脹得難受，於是對嘉德說：「我必須上廁所」。嘉德氣得瞪了我一眼，嚷著說廁所在前台，像我這一身戲服怎麼能夠出去見人？於是他急中生智的把我帶到後面更衣室，建議我跳窗到後面校園去行方便，好在當時天色已暗，後園中不見一人，才喘過來一口氣。當我從窗外翻回到後台，卻找不著綁戲褲的帶子，那時前台的鑼鼓已敲得叮叮咚咚，羅教授在門口一再提高了嗓門催著我出場，嘉德急得冷汗直冒，匆匆的將我這寬大的戲褲往上一提，兩邊一摺，然後將一端塞在另一頭，拍拍我的肩膀，把我送到台口。當我聽到胡琴聲響起，反而怯起場來，也不知何時被羅教授狠狠一把推了出去，好在胡琴師有耐心的又重奏了兩次過門，自己才勉強唱出聲來，當時只覺得嘴巴在動，實在不知道唱些什麼。經過一段自我介紹身世的說白後，緊張的情緒才穩定下來，於是那好勝的念頭再度湧上心際，為自己剛才唱得那麼糟糕深感慚愧，決定要把下面的那幾段做工好好的做一做。

幾個水袖的運用尚能恰到好處，也可零落的聽到班上幾個特別請來捧場的同學幾下掌聲，接著是表演一個暈倒在雪地上的做工。好在過去一直喜歡看蕭何月下追韓信那齣戲，蕭何數度像門板似的畢直往後倒下去的工夫，在兒時玩遊時就學到了家，做起來也就加輕就熟。撲通一聲倒在地上，便裝著失去了智覺，此時胡琴師又湊起了那悅耳的男梆子，扮演女主角玉奴的昭孔兄出場了，想不到他一聲嬌啼，便引來一個滿堂彩，接著他那細膩的做工及嫵媚的風情，更贏得觀眾大聲叫好。好在昭孔是我的知友之一，向賈秉文教授學戲時，幫我記了不少腔，經驗足，有天賦，加之又懂得做人，故觀眾對他的捧場倒引不起我的妒嫉。這時場裡很靜，觀眾都聚精會神的在欣賞女主角開門、出街及發現我僵臥在地上的精彩做工。順著劇情的發展，金玉奴終於發現我倒在雪堆裡，把我救醒過來，到家盛了一碗飯給我吃，我狼吞虎嚥的把那碗飯吃得精光。為了加強表情，我把舌頭伸向觀眾，把那隻破碗舔了又舔，果然贏得觀眾一陣熱烈掌聲，心中更增加一分自信，覺得扮演周瑜的日子愈來愈近了。

飯吃飽了金玉奴請我到她家中避寒，於是伸了一個懶腰站了起來，胡琴聲又響起，我唱了兩句，便踏方步進她家門。那知道這時兩隻腳像犯人上了腳鏈似的，寸步難移，胡琴師在後面小聲而急促的喊：「掉了！掉了！」我真弄不清他在喊個什麼玩意，心中更是來得慌，接著台下觀眾像發現新大陸似的，「啊！」的一聲叫了起來，笑聲！掌聲！雜著長而刺耳的口哨聲，卡擦、卡擦的鎂光燈，閃得我頭昏眼花。我才體會到，一定身上出了什麼毛病，摸摸頭頂，帽子還在，趕緊往下一看——我的天！那條寬大的戲褲不知何時落了下來，緊緊的纏在自己的兩隻腳上！我人高腿長，戲袍又短，兩隻光溜溜長年不見陽光的雪白大腿，像展覽似的呈向觀眾。這時鑼鼓聲都自動停了，只聽到台前、台後一片喧嘩，自己也感到陣陣暈眩，勉強支持在那裡不知所措。迷糊中看到東海大學的一些外籍教授，站在台前拿了相機大搶鏡頭，有一位竟持小型攝影機對了我的腳拍了又拍，心裡更是難過，覺得丟臉竟丟到外國人面前去了。不久見到一向鎮靜的何靜安教授，帶著一臉驚惶的神色，跑向後台，心裡才稍安一點，果然幫忙配戲劇團的周團長，在受了何教授的吩咐後，親自跑上舞台，替我把褲子拉上，又找來一條粗皮帶，給結結實實的紮在我的褲腰上。於是羅鼓聲復作，餘驚未了，心中又失望、又羞愧，演得更是糟糕，一切的野心、抱負都頓然消失了。想到散戲後，一定會受到社裡同學的抱怨，師長的責備，以後可能只有跑龍套的份了。心裡一難過，眼淚也就落了下來。

然而出乎我意料的，散戲那晚，大家聚集在福利社消夜，有說、有笑，但是誰也沒提落褲子的事。可是次晨到學校去上課，一走進大門，就看見站在辦公大樓前面幾位女職員，對著我指指點點，還有幾位特別跑了出來，像看新娘似的，睜大了眼睛朝我全身上下打量個不停；一些趕著去上課的同學，也不時回過頭向我莫名其妙的笑笑，弄得我全身不自在，就這樣我們的名氣在學校一砲而響。畢業那年被分發到軍中服役，有一天，與隔連的幾位預備軍官聊天，其中有位姓張的朋友，雖是初見面，卻談得十分投機，當他知道我是從中興大學農學院畢業的，便好奇的問我，知不知道中大曾經發生過落褲子的那件笑話？當時問得我面紅耳赤，支支吾吾的藉故離開了。民國五十五年赴紐約市探望幾位老朋友，較早來美的昭孔兄，堅持要帶我去紐約業餘平劇社看看他們的水準，當他向社長蕭明女士介紹，剛說出我的姓名時，蕭女士便接口問昭孔，是不是曾經在舞台上掉褲子的那位同學？好在離校後工作了幾年，臉皮也給歲月磨老了，沒有再發生臉紅的事，只是萬想不到自己的名氣，竟響亮到萬里以外的海外來了。

日月如梭，轉瞬離校十多年，回想往日平劇社師生共聚的快樂時光，真使人有個無限的懷念與感觸。出國多年，一直為工作忙碌，與平劇早就絕了緣，從中央日報四海一家上，時常讀到鍾維娜，秦巧鈴等昔日老伙伴們，在美還在為發揚國粹藝術，作過數次盛大的公演，對於他們的精神與毅力，不得不使我敬佩萬分，而我僅能憑藉這隻禿筆，瑣碎的來追憶一些往日的趣事，讓與我環境相同的老朋友們，在苦悶中讀了，也能發出會心的一笑吧！

（寫於公元一九六七年）

情人道上的故事

在我退休前兩年，母校請我回去講學兩週，到達台中，處處見到高樓大廈、商店、餐館林立，大街行人，車輛擁擠，雖然象徵著台灣的經濟繁榮，但台中已失去往日的樸實與寧靜，走進母校校園，更如劉姥姥入大觀園，東西南北都弄不清了，接待我的楊教授告訴我：日治時代留下的木頭房子早已折改建大樓，目前唯一留下來的就是那情人道及道旁的兩排椰子樹。

是的，那椰樹依然長的那麼綠油油，只是比過去更高更壯了。記得當年的母校教學設備雖然遠不及今日，學生少，環境寧靜優美，師生接觸多，宛如生活在一個大家庭裡，大學時代生活真是黃金時期，十八、九歲的大孩子對什麼都好奇及有興趣。高我們一屆的學長們，在我們剛到學校報到時，就告訴了我們植病系的女孩子最漂亮，每一屆的校花都出自植病系，不信的話，到情人道上的椰子樹下等著就是了。這情人道的名字，源出於早期同學們的口裡，但不知來自何年？何月？這條長長小道兩旁栽培了許多婆娑多姿的椰樹，每當夕陽西下，這時你可看到一對對的學生情人，手牽手慢步細語的徘徊在這小道上，這景色充滿了熱帶浪漫的情懷。椰樹兩側是一行行排列整齊的不同科系系館，雖然都是木頭平房，但卻保留著的原始風味。下了課，每一系的學生都要經過這條小道回到自己宿舍或到餐廳用餐。因此下了課，我們這一群初嚐人間煙火的傻孩子常滯留在這小道旁看女生。有一天，我們眼睛突然一亮，見到一位身材高挑，五官清秀、皮膚白皙、身著藍色緊身裙的女孩子，手上捧著大本小本的書，紮著馬尾巴、頭抬高高的，目不斜視匆匆而過，「嘩！」大家都為她美麗、高傲的氣質震住了。一位二年級的學長走過來對我們說：「她就是植病系二年級的張鴻儀，上海人，老爸是台北富商，她人既漂亮又是全班第一名，大一就開始做未出國的準備了，學校裡沒有一個男孩子有本領邀得她出去。等鄭苞華畢業後，她就是校花」。鄭苞華我們已見過，是四年級的老大姐，一副大家閨秀的模樣，在外面她有一位長的很帥的男朋友，男朋友經常穿著皮夾克用摩托車帶她出去兜風，好神氣，不知羨慕多少學校女同學。

大學頭一年就這樣糊里糊塗的渡過，經過漫長的暑假，學校又開學了，老同學見了面真有幾籮筐的話要聊。有一天同寢室向有包打聽外號的小李突然很興奮的對大家說：「你們昨天有沒有看到張鴻儀？」大家搖頭問道怎樣了？小李得意的說；他昨日去辦公大樓，忽然見到一位穿皮夾克的男士騎著摩托車，後面載著一位妙齡女郎從情人道上騎了過來，他初以為是鄭苞華，但是鄭苞華六月畢業與男朋友去了美國，他再定下眼看看，真使他大吃一驚，那妙齡女郎原是張鴻儀，她的裝扮完全變了，紅裙子、紅皮鞋，頭髮長長的披了下來，嘴唇也塗得紅紅的。我們真不敢相信小李的話，她怎麼會在一個暑假裡不但像鄭苞華有了一個騎摩托車的男朋友，但自己裝扮也大離譜了。於是大家拜託小李再去打聽，尤其要調查一下那位男士的根底。

晚餐開始時，沒見到小李，正當大家吃到一半時，小李慌張的趕來，一屁股的擠在大家中間坐了下來，一副神氣十足的對大家說：「我已有了張鴻儀的最新新聞，要知道的人請付兩毛五分錢，讓大爺買兩個滷蛋加菜」。在大家又推、又打、又鬧的壓力下，小李只好原原本本的將情報抖了出來。原來張鴻儀在上學期剛結束時，被兩位室友拖去台中市的新生社跳舞，認識了一位空軍朋友，聽說這位男士追女人很有一手，每日甜言蜜語，大獻殷勤，終於獲得佳人芳心，小李這般話，聽得大家傻成一團，一向說話不多的犨雄，是位身高六尺的山東大漢，突然站了起來向桌上重重一拍，罵了一句三字經，轉身就走了，他這突如其來的舉動把飯桌上的朋友都嚇得跳了起來，老犨這半年變得沉默寡言，原來是在害想思病呢。

從此只要老犨不在宿舍裡，小李總會零零碎碎的報導一些張鴻儀的近況，聽說女生宿舍的女生都在妒嫉她，批評她一心想模仿鄭苞華成為校花，連找個男朋友也是騎摩托車的，她被同學們孤立，沒有人跟她說話，很是痛苦，由於曠課次數太多，讀書精神不集中，成績一落千丈，聽說期中考試還有一門不及格呢。

在第二學期開學後，大家一直沒有見到張鴻儀，不久傳說她已經休學了，有一天，小李跑得滿頭是汗，手上抓著當天的報紙，衝進寢室來對大家拉著嗓門說：「不得了！張鴻儀被她老子掃地出門了」，大家從書桌上跳了起來，搶著他手上那份報紙看，原來是她的父親登在報上的啟事，內容敘述張鴻儀行為不檢有失家風，從此脫離父女關係，看得大家直吐舌頭，小李繼續告訴我們，她這位男朋友是離過婚的花花公子，前妻留給他兩個幼小孩子，張已有了身孕，她老子知道這件事，氣得暈過去好幾次，終於下狠心脫離父女關係。

時間久了，大家也逐漸忘了張鴻儀的事，有天小李又拿了一份報紙對大家說：「張鴻儀真是苦命，她嫁的那位空軍丈夫走私，被政府抓了，要以軍法處理，可能要坐幾十年的牢，可憐懷了大肚子的張鴻儀除了要扶養他前妻的孩子，還要去送牢飯」，大家聽了心中都很沉重，但沉默得誰也沒有去搭小李的腔。

出國前半年，我還在台北一家中學教書，有一天我必須去三重鎮找一位老朋友到學校來代幾堂課，以便利我去辦理一些出國手續，朋友的家住得很遠，搬家後我一直沒去過，因此下了車找了很久也找不到，很快天就黑了，我更是迷了路，這時見到巷口有家小店還開著，在幽暗的路燈下走進看看才知道是家出租連環圖書的店舖，店裡黑壓壓的十分陳舊，老闆娘站在燈下，手中拿著一本連環圖書讀得津津有味，我站在門口好一陣子，她都感覺不到，可見平日生意一定冷落，來的客人不多。台灣五、六月份的蚊子厲害，她穿了一條起皺的小白裙，腳踏木屐，另一手握著扇子不斷的在那一雙已被蚊子叮成紅豆冰的大腿直拍。我只好叫了一聲：「老闆娘：能不能麻煩妳一下？」，她這才放下那本連環圖書，我當時吃了一驚，這張憔悴的臉似曾相識，老闆娘很有耐心而有條理的告訴了去朋友家的方向，在談吐上你會感覺到她是受過教育而有修養的女子，我感激的對她說：「謝謝妳，老闆娘妳的口音不像本省人呢？」，她點了下頭笑笑說：「我祖籍是上海」，這時我的心跳得十分厲害，她不就是張鴻儀嗎？

走出店門，天上已飄著毛毛細雨，心中感到一陣陣難過，當年這麼一位出自大家美麗而聰明的千金小姐，本該有大好前途，只因為在人生的道路走錯一步，而落得如此淒涼下場，回頭向店裡望望，她又回到燈下，一手趕蚊子，一手拿著那本連環書在讀，這或許是她一天的生活中唯一的享受吧！

「老師：你原來在情人道上散步，我們到處找你，院長在兩點鐘要見你呢！」，年輕的楊教授從後面趕了過來，打斷了我的思潮，他看了我一眼又打趣的對我說：「老師：是不是在情人道上回想往日與女朋友在一起的甜蜜時光？」，我笑了一笑對他說：「剛才我的確在回想一位很美麗的女孩子，可惜她從來不是我的女朋友」，楊教授好奇的問道：「那麼她是誰呢？」，我拍拍楊教授的肩膀說：「現在沒有時間告訴你，改日我們再談吧！」。

第二章

加國生活

小城懷舊——修迪柏教授的課

初來楓城那年，每日清晨看見一位黑人老先生一手持拐杖另一手夾公文包，在楓葉道上慢慢的步向學校，直到開學那天才弄清楚，這位老先生原是我們昆蟲系的大牌教授，系裡的同學對他在學術上的成就有一份格外的崇敬，但對選修他課心也存有一份恐懼感，一來是這們課程很深，生化基礎不強很難通過，再者教授給分很嚴，每年班上有二分之一學生不及格而遭淘汰，因此在我剛到這兒，老一輩的同學都警告我可千萬別選他的課，那時台灣來的中國學生能聽懂幾個英文句子已經算不錯了，那有這英文能力去跟指導教授爭辯選課能力，就這樣糊裡糊塗的給掛上了名。頭天上課，班上共有四位學生全是研究生，兩位是加拿大籍學生，一位女同學是從紐西蘭來的，修迪柏教授那年七十五歲，講話聲音很小，不坐在前三排簡直聽不到，加之學理又深，一堂課下來，總共也只聽懂四個字「下週再見！」，回到實驗室把這情況告訴老程，老程早來幾年正在修博士學位，他聽了我的話瞪著大眼對我說：「小熊：你這樣坐在那兒像鴨子聽課可不行，你要記筆記」，我對他說我一個字也聽不懂怎麼可以記呢！老程聽了直跺腳說：「不會記你也要裝著記，不懂也要裝著懂，教授會隨時注意你的」。

坐在書桌前我前思後想又傷心又難過，如果這門課真的不及格，不但獎學金停了，也要整理行李走路了，那麼不被台灣親友笑掉了牙，腦子轉了又轉，於是在抽屜裡找出那對從台灣帶來的貝殼耳環，走到那紐西蘭女同學面前說是送給她的，她頓時為這突如其來的禮物弄得莫名奇妙，老程眼快看到了也領會了我的用心，趕過來打圓場說：「這是中國人的風俗，出遠門遇到新朋友都要送點小禮物」。她這才笑容滿面，連聲謝謝及讚美耳環的美麗，於是她問我對迪柏教授的課有興趣嗎？老程接過腔說：我的英語有點困難，筆記記得不太齊全，這位紐西蘭的費麗絲同學可真熱心，馬上拿出筆記給我。說我可以拿去參考，有什麼不懂可以問她。從此以後上柏迪教授的課，我就照老程建議的坐在那兒裝著很懂的在聽課，一手持筆在那兒不停的畫圈圈，下了課借費麗絲的筆記瞞著她一字不漏照抄，她英文好底子強，記得又快又多，難免字有點潦草，二十多頁的筆記每次我要整理到半夜兩、三點鐘，次日得花一整天翻字典以求貫通。

韶光似箭，嚴寒的冬天轉瞬來到，學末考也來了，那時的心情也像外面的天空那般灰暗，其它五門課考試不談，單單應付迪柏教授這一門課，在考前一個月我每天苦讀到天亮四點，回家小睡三、四小時，接著又是啃書，心想在台灣教書雖然購錢不多，下了班也滿幽閒，逛逛西門町場，吃吃小館，生活也很舒服，為什麼到國外來吃這種苦？唉！人生就是這般矛盾。

考試那天在教室裡每位同學都很嚴肅的坐在那兒，好像犯人在法院裡等候法官來宣佈判刑。當鈴聲一響，迪柏教授靜靜的走了進來，手上捧著考卷，很懂慎的發給每人一份試題一本試紙，這本試紙共有十頁，教授特別聲明，不夠寫的話再向他拿，考試時間共是六小時，三小時後有十五分鐘休息，頓時我覺得全身在發抖，勉強翻開試題共有十題大題，其中數題包括若干小題，我讀了一遍，問題問的似曾相識，但是腦子一片空白，一個字也記不起來，大約有二十來分鐘的時間無從下筆，這時費麗絲同學已向迪柏教授要第二本試紙了。我的心裡更是急得發慌，眼眶也紅了，我求助似的望望迪柏教授，他也好奇的瞪著我，我趕緊的低下了頭，用筆在試題紙上畫圈圈，心中很是懺悔許久沒有去教堂祈禱，就在此一時刻第三題的答案突然浮上心頭，我像中了獎似的，趕緊將它寫下來，接著另外幾題的答案也跟踵而來，我興奮的埋頭大寫，一口氣下來竟然寫了四大本，當然無法與費麗絲同學的七大本相題並論了，考試後雖然疲憊，但是當晚躺在床上滿腦子是考試，考試，真是輾轉難眠。

兩週過後，有天老程面色沉重的來到我的桌前告訴我，他聽到內幕消息，迪柏教授的課有兩人不及格，系裡的同學都在猜測這兩人究竟是誰？我聽了他的話身體涼了一節，我對他說可能是我，因為費麗絲一定在四人重考得最好，其他兩人都是加拿大人，英語好過我十倍不止，如果一人不及格我可能還存僥倖，兩人不及格這悲殘的命運可就難逃了，老程走後，我傷心了一天，次日很沉重的寫了一封信給母親，告訴她老人家，孩兒不孝，不能達成她的願望完成學業，可能不久就要回台灣了，老程此時過來問我是不是病了？為什麼臉色這般蒼白，我告訴他為此考試結果我一夜難眠，老程說：「小熊你真傻，消息沒有證實你就如此折磨自己，為什麼不去問問迪柏教授呢？」，我硬了頭皮跑去敲廸柏教授的門，他開了門問我有什麼事？我緊張的結結巴巴的告訴他我很擔心自己的考試，他頓時明白我之來意，啊！了一聲說：「你通過了」，我不敢相信那是真的，又重複問了一遍，他說：「我不是告訴你，你通過了嗎，我知道你很用功，寫的也很多，只是文法有點困難，以後多用功一下英文就行了」。我高興的直說謝謝，跑回實驗室，工作人員都下班回家了，我伏在桌上是興奮又是感觸，放聲大哭起來，不知過了多久，抬起頭來室內一片幽黑，我扭開了台燈，寫給母親的那封信還靜靜的躺在那兒，我輕輕的將它拿起放進抽屜裡，鎖上了實驗室大門，走了出來，仰頭望望，寒夜中點綴著無數顆明亮的星星，我深深的吸了一口氣，數月來我首次的感到寒夜是這般美麗，身心是這般輕鬆、愉快。

釣魚樂

如果你問我加拿大最留念的是什麼？我將毫不猶豫的回答你：「加拿大的夏天不冷不熱，週末、假日駕車去河岸釣魚；可是人生一大享受」。的確這幾十年來，夏天釣魚幾乎沒有一年停過，學生時代如此，現在有了家也是如此，兩個兒子比老子更厲害，雪一溶了就已準備要去釣魚，釣魚不但能輕鬆自已的心身，忘去工作的煩惱，也往往留下許多片斷有趣的回憶。

一九七四年還在大學做研究生時期，有空總是與二姐夫陳大結伴去釣魚，往往不到蚊子釘著咬是絕不回家。有一週日與陳大去 I'll Perrault 垂釣，那天我們決定把兩位太太留在家裡，這麼就可以自由一點，釣得晚一點回家，臨走時向兩位夫人交待說：「多準備點葱薑，今天必定釣條大魚回來做豆瓣魚」。

車子到達 I'll Perrault 已是日正當中，河畔早有釣魚同好，於是我們很有禮貌的向那位老先生打個招呼，問他今日運氣如何？老先生不慌不忙的從摺椅上站了起來，順手把放在水中鈎魚的鎖鍊提了起來，上面掛滿了一串串的魚，然後得意的列嘴笑了一笑，把左手挾著的雪茄煙放進嘴裡吸了一口，一聲不響的又坐了下來，陳大與我看了真是心裡發慌，三五兩下把鈎子掛上，幾乎忘了上魚餌就往河中拋。

望望手錶已過了兩個鐘頭，此時太陽曬得熱氣在頭上直冒，但是竿上的魚餌連碰都不碰，心想這次可能要繳白卷了，老先生看到我們毫無斬獲，終於開口說：「釣魚要起早床，我是今晨四時半就到這兒來了，現在要打道回家，希望你們會有奇蹟出現」，老先生這盆冷水灑得我與陳大只有乾瞪眼，想到家中老婆還等著大魚下鍋呢！於是陳大與老先生打個商量說：「先生你有上十條魚，能否割愛賣一條給我們？」，老先生聽了一楞說：「賣！開玩笑，你可買不起，我這些魚要留著過冬吃還不夠呢，明天早點來吧！」，老先生鐵面無私的開始收拾魚具，嘴上得意的吹著「桂河大橋進行曲」，大概是在慶祝自己這次的大豐收吧！

沉靜了一陣子，只聽到後面「蹼通」一聲，起初我們還以為老頭兒掉到水裡去了，緊接著聽到老頭兒尖叫道：「我的上帝啊！那鎖魚的鍊子斷了！」，我與陳大趕快跑過去，只見老頭手上握著半條魚鍊子發呆，那掛滿魚的下半條鍊子不見了，老頭兒氣急敗懷的又蹦又跳的跑到加油站借來一條長木棍，在水中亂撈，亂打也沒有結果，於是又租來一條小木舟在附近河面上用長網去撈也沒成功，最後老頭兒回到岸上，拿了魚具，摺椅，對自己罵了「四字經」的粗話，招呼也不打的就走了。

我與陳大又釣了一陣子，還是沒有起色，於是決定轉移陣地到那老頭兒原先釣魚的地方試試運氣。我把自己新買來的魚鍊子鈎在岸邊，心中盼望能像老頭兒那樣釣上幾條魚就好了。又是一個鐘頭過去，依然沒有動靜，我放下魚竿，躺在地上休息，由於過於無聊，於是順手握著鈎在岸邊的魚鍊子，像孩子似的在水裡來回不斷的摔著以來消磨時間，突然間我發現魚鍊子好重，於是我拼命似的往上拖，陳大見了問我在做什麼？我氣得也不理他，咕嚕一聲魚鍊子出水來了，「啊！」我與陳大都叫了起來，原來我那魚鍊前面的兩個鈎子竟把老頭兒那斷掉的半條鍊子鈎了上來，這可真是奇蹟，兩人又驚又喜，數數鍊子上的魚，竟有四條小嘴巴士，八條中型其它種類的魚，兩人向四周望望沒有人，收了魚具，抓了魚就開車往回程跑。車子開了兩、三里，我心中老覺得不自在，便對陳大說這樣做不好，因為在中學教書時我常規勸學生要誠實，陳大聽了火冒三丈對我說：「傻瓜頭，他人都走了，難道你要把魚送還給他！」我對陳大說我們可以去加油站問問，如果真找不到他，這樣我們把魚帶回本也問心無愧。陳大拗不過我，只好又把車轉頭開回原地，我向加油站老闆問了幾句話，老闆說他是第一次見到這老頭，也不知他來自何方，並笑笑對我說：「你們中國人真誠實的可愛，別說是魚了，就是我在地上撿到錢，那是我運氣，我也不會送回去」。

找不到失主，我們只好把魚帶回去。總之，已盡了努力，內心也平靜、舒服不少。那晚的大餐有清蒸魚、豆瓣魚、糖醋魚，香穌魚，可真是借人之光，大飽口福。

陪兒子賽球

夜深了，孩子們都已入睡，泡了一杯龍井茶，半躺在沙發上飲著，似乎一天的疲勞頓時已減輕不少，仰望鋼琴上陳列著一串平兒六年來打棒球的獎盃，心中感慰著一絲驕傲，也帶回無限回憶。

平兒六歲那年的暑期，我替他報名參加了我們這一區的幼齡兒童棒球隊，當初替他報名參加兒童棒球隊的原因是夏天太長，平兒一向好動，身體好充滿精力，不替他找點活動，留在家中每天聽他抱怨無聊！我沒事做！可真吃不消。第一場出賽平兒穿上棒球制服興奮萬分，孩子們的家長都分坐在兩邊不同的台上，各為已方的孩子加油，打氣，哄哄嚷嚷的真把這球賽看得像一回事，我因為在此之前只看過一場成人比賽，是被同學拖了去的，由於對棒球規則一無所知，看完後還是一頭霧水，此後就再也提不起興趣去趕場了。

由於喜歡孩子的原故，雖不懂規則，但眼見一群胖嘟嘟的小把戲，接不住球來個鯉魚大翻身，在泥土上又滾又爬，這些可愛的動作往往令我笑得眼淚也流了出來。最初一個月的比賽真是混亂一片，也看不出什麼名堂來。平兒球隊賽了六場，竟輸五場，在進入第二個月，教練在週日上午的練習操作上認真不少，也時常向孩子們講解棒球的規則和技巧，在場外的我此時已偷學不少。在較嚴的訓練下，孩子們在守備及打擊上進步很多，七月份的十場球賽中贏了七場，在排名上，十隊中已列入第四。八月初開始，進入冠軍賽，這時各隊的教練已收斂了平日嘻嘻哈哈的面孔，賽前都把孩子圍成一團面授軍機，孩子們出賽時也戰戰兢兢失去往日的活潑，孩子們贏了球，連家長們也高興的跳了起來相互道賀。在半決賽那場比賽中，平兒先後擊出三隻全壘打，把當時成績列為第二的強隊淘汰，賽後對方的教練跑過來對我說：「那三十三號是你的孩子嗎？」，我點點頭，他接著說：「他很不錯，是他打敗了我們。」聽了這位教練的話，真令我陶醉，在回家途中竟開錯了方向，繞了一個大圈子才到家，妻子知道了嘲笑我一頓，說我比孩子贏球還興奮，大概是返老還童吧！

在決賽那天，我的心顯得很沉重，想起半決賽的輝煌戰果，我開始擔心平兒的表現能否達到水準。球賽開始，平兒被排在第四棒，我的心跳個不停，平兒第一次擊球，球出外界不算，第二次揮球落空，我閉上眼睛默禱，實在沒有勇氣看下去，忽然聽到一陣掌聲，我張開眼睛知道平兒打到了球，心中才定了下來，孩子們一共要賽四局才定天下，平兒的隊先攻，在第四局上半場結束，雙方的比數是十二比十一，平兒所屬之隊領先一分，在下半場開始時，雙方氣氛都很緊張，當對方第五棒上場時，該隊僅有一人出局，一、二、三壘都被佔領，只要他能打到球，對方就可能得分，一人回壘就平手，二人回壘就以一分領先贏球，平兒的教練緊張的來回走，牙齒咬得緊緊的不斷的搓手心。平兒由於平日表現尚佳，被教練安排守備三壘，我當時也緊張的身不由己的站在看台上大叫平兒加油。這位上場擊第五棒的孩子塊頭奇大，比同齡其他孩子高出半個頭，家長們都為這凶多吉少的場面冷汗直冒。這孩子也果真厲害，順手一揮即擊中球，只見球向二、三壘之間中飛了過去，此時平兒眼快手快向左側前方跨步一躍，接殺此球，緊接一個快傳給本營捕手，來個雙殺出局，此時看臺上歡聲雷動，個個跑到球場中心把平兒團團圍住，平兒的隊伍贏了冠軍，我覺得眼睛有點模糊，用手摸摸是眼淚，這是一滴快樂而興奮的眼淚。

朋友：請來共舞——記蒙特婁市（Montreal）華人社交舞團成長簡史

一九八四年在老友顏福華先生一再遊說下，內人及我終於將平兒送到蒙城中華語文學校幼兒班，那時的家長多半來自台灣和中南半島。雖然，大家來自不同地區，但懷有一個心願，我們是中華民族炎黃的的子孫，我們不能忘本，希望自己的孩子也能有機會接觸中文，瞭解祖先的歷史文化。

學校設有家長休息室讓家長們聊天來打發等孩子的時間。有一次大家偶而談到電視上播美國社交舞比賽，一位來自蒙特婁的高手得到第三名，於是我告訴這些聊天的朋友自己父親當年學跳舞的笑話，這些朋友知道我在八歲時就混在大人堆裡學跳舞，一定要我跳幾步給他們看看，在盛情難卻之下，我就示範了一下華爾茲，不料這些朋友興趣大增，堅持要我每週在孩子們上課時間，在大禮堂外面的走廊上教他們跳舞，他們的熱情使我難以推辭，開始有四對夫婦及一位單身女士參加，半年下來增加到十二位，這時在學校新任綜藝課主任的葉梅華知道此事便向學校建議請我開一班社交舞課，學跳舞的家長必須繳學費，老師須有車馬費，我聽了嚇一跳，忙向葉女士說我不是正統老師，義務教舞可以，絕不能拿車馬費，同時也擔心學舞的家長因為要繳學費，會不會一下全跑光了，葉女士堅持我要領車馬費，否則她無法向別的老師及學校交待。在這種情況下，我只好答應，並且告訴葉女士如果註冊學生不夠八位就作罷，因為我不想讓學校貼太多老本。註冊後，開學的那一天，葉女士打電話來對我說：「熊老師：可以開課了，你班上有五對夫婦報了名」，聽了之後，可真是又興奮又緊張。在這五對夫婦中，有四對成了我這廿多年來經常見面的好朋友，那就是林昭汾夫婦（林先生曾做過學校的常務董事及校長），李傳有先生及周小玉女士，陳善昌夫婦及余超仁夫婦。他們不但留在班上，一有機會幫我拉學生，學生人數從十位升到三十位，到一九八六年學生人數竟高達七十位，我不得不分初中兩班來教，這時班上來了幾位領悟性高及有天份的人士，像高振寧夫婦、鄒靜遠夫婦、趙微華夫婦及謝丕健夫婦，教了一陣子，我已經覺得江郎才盡，這樣教下去，學生學不到東西會都跑掉了，不但自己沒面子，也讓學校蒙受損失，自己不得不每小時花四十元加幣到一位到一位資深老師約翰乃不瑞強（Mr. John Leprechan）那兒學新舞，每週晚兩次，一小時學男步，一小時學女步，週日回到學校再把現學的花步轉教給班上同學。後來學生人數太多，自己除了每週上班外，晚上要練舞，自己又負責西島一家陶器製作俱樂部行政工作，週日到學校教社交舞，實在累得精疲力盡，只好與學校商量，請約翰乃不瑞強先生來教中、高級班，我與周小玉女士負責教初級班，一九九二年我退了下來，初級班由周老師一人獨教。

那時候社交舞班學生的人數總是在九十人左右。到陳喜澄先生任學校校長時，因為他本身是舞林高手，更是推動社交舞的發展，他請了謝丕健先生來校擔任綜藝課主任，在周老師不能來學校時，陳校長許多次送他的夫人來我的班上幫忙，在他們的努力下，把本校社交舞班培育成所有綜藝課中收入最高及最受歡迎的一個課目。不久，在謝丕健先生的計劃、領導以及我們這一批舞迷的扶助下，在校外成立了華楓社交舞聯誼社，這是加拿大蒙特婁市（Montreal）第一個華人社交舞團的成立。其實這個組織與學校沒有直接關係，只是學校的家長仍經常參加它每月一次的活動；及中國新年時，聯誼社請社交舞班的學生來表演及示範而已。談到這裡，我很難過，謝不健先生已於數年前因患肝癌過世，享年七十八歲，他生前熱心服務及推展華人社交舞，確實給華人社會帶來許多快樂時光，如今在各地中文學校綜藝課程多設有社交舞班，華人社交舞團如雨後春筍，卅年在此地能跳國際社交舞者不到廿人，如今已越過千人，謝先生的精神值得我們懷念及敬佩。

大概在一九九零年，John Leprehan 先生因工作關係辭去教職，因為他與學生關係很好，不願一走了之，於是他推薦一對職業舞蹈老師，Stephane Boucher 及 Gennette Martin 來接班，我與他們通了幾次電話，他們很願意來學校任教，二十多年來他們仍與學生相處得非常好，許多班上的學生都成了他們夫妻的好朋友，他們曾經對我說過：「來蒙城中華語文學校教舞的目的不是在賺錢而是想借此了解中國人的風俗與文化」。而學生們的友誼感動了他們，當初只想來中文學校教課一年，不料一呆就是廿年。不久 Stephane 因健康關係，不得不休息，他們只好離開教課二十多年的中文學校，到今天他們仍然是惦記著中國朋友帶給他們的友情以及對中文學校深深的懷念。

Stephane Boucher 及 Gennette Martin 離去後，學校又急著四處找有經驗的好老師，終於陳喜澄先生請到了兩位女士：Anne-Marie Cote 和 Maya Kolesnikava 來任教，這對專業老師教學十分認真，經驗豐富，本身舞姿也是美麗非凡，所以對學生的姿態及步伐特別注重也深受學生歡迎。她倆皆屬加拿大舞蹈協會會員，專業於國際標準社交舞，曾多次參加職業級比賽和率領同學參加業餘級比賽。現在蒙城中華語文學校的社交舞初、中、高三班皆由這倆位老師專業指導。

社交舞分成兩部份，一部份我們稱為拉丁舞組，包括曼波、倫巴、恰恰、森巴，馬隆吉，牛仔舞，近幾年來又加入鬥牛舞，莎莎新舞，另一部份我們稱為現代舞組，包括慢三步、快三步，慢四步，快四步及探戈，近年來阿根廷探戈開始流行，其步法與傳統不太一樣。同時社交舞又分兩派；一派稱為美式社交舞，另一派稱為國際標準社交舞，國際派比較穩重及傳統，美式派則具自由及創造性，但是兩派基步法相同，只是花式有些不同。

不論你是跳那一派，社交舞可說是最好運動，它的好處如：

一、促進你全身細胞活動及血液循環，降低血脂肪，以減少得心臟病的機會。

二、跳舞時有音樂的伴奏，使你輕鬆愉快，忘了年齡、煩惱、及減輕了心理和生理的疾病。

三、培養你的嗜好及對人生的樂觀想法。

四、大部分社交舞是輕鬆、溫和的運動，不受年齡限制，老少咸宜，假使你本身有心臟及其它器官毛病，最好與醫生磋商之後再做決定。

五、社交舞是減肥人士最好工具和福音。

六、增廣你的社交經驗及範圍。

七、緩慢人的老化，使你身體健康，永保青春。

拖我下水

音樂的節奏輕鬆而活潑，配合著一對對婆娑起舞的身影，似乎使人又回到二十年華的大學黃金時代，這些跳舞的朋友大半已四十出頭，窈窕的身材，充沛的精力，誰也不會相信，他們的孩子有的已進了大學。

音樂停了，隨著燈光也亮了起來，一個個香汗淋漓的回到座上，笑聲、掌聲充滿了整個屋角，這些可愛的朋友雖然每人都有自己的家，藉著跳舞的嗜好，他們更尋到一個快樂無比的大家庭。五年了，整整的五年了，眼看著這些當年學跳舞像拖黃包車的朋友，都已到達高段身手，多年積下來的疲勞也就隨音樂的旋律化為烏有。

老陳跟他美麗的太太，今天格外容光煥發，陳太太開口說：「熊老師呀！都是你拖我們下水，現在幾天不跳舞，腳就發癢，怎麼辦……」，我笑了，的確跳舞也會著迷，就像喜歡看電影的有影迷，搓麻將的有牌迷，賭馬的有馬迷，但是在眾迷之中，唯有舞迷是最衛生的了，記得在我的這些朋友中，不少也是牌迷，往往由於熬夜，金錢，身體都透支不少，事後帶來的不是快樂而是疲勞，自從我拖他們下水習舞之後，生活方式完全變了，他們覺得跳舞遠比坐上麻將桌一熬數小時來得輕鬆，愉快。久而久之也就不想去摸那幾張了。

燈光再度轉暗，熱情的西班牙音樂，震動了整個屋基，老黃拖著他的夫人匆匆下場，黃太太一向活潑好動，老黃是典型的讀書人，很專心自己的事業，沒有太多其他的嗜好，記得兩年前的一次舞會上，大家跳得興高采烈，他竟然靠在椅上呼呼大睡，當時心想此人真是完了，黃太也說她跟她先生性格完全不合，但是廿年的婚姻倒是非常美滿，或許是老黃太鍾愛他的夫人，硬著頭皮捨命陪君子的來學跳舞，兩年來的煎熬，終於脫殼而出，現在跳舞有板有眼，變成一個標準舞迷，夫妻兩人有了共同嗜好，感情較前更為親密，我現在正等著他們向我說：「熊老師呀！真感謝你拖我們下水呢」。

吃蟲大會

一九八一年一月本人服務的學校接到 Pointe Claire 市文化中心的邀請信，希望我們昆蟲館在三月份能在該處主辦一次為期兩天的昆蟲展覽會。兩年前我們曾在該處有過一次十分成功的展覽，所以這次要能出些新花招，才能吸引更多的觀眾。

記得小時候，母親常講她在天津上學時，每天早上都買塊薄餅包上兩隻油炸螞蚱（蝗蟲），香噴噴的味道真好；於是這個「示範一道炒蟲大餐」的念頭馬上浮在眼前。說做就做，首先要用什麼活蟲來示範呢？冬天剛過，外面的蟲還未孵化出來。低頭一想問題就解決了。昆蟲系裡養了一大批蟋蟀供學生做生理實驗，在室內養了好幾代，十分乾淨。材料有了。下一個問題是燒什麼菜呢？，想到老外最喜歡吃中國的蝦仁芙蓉蛋，為什麼不燒一道蟋蟀芙蓉蛋呢？。

但是興奮之餘問題又來了，這兒老外好奇，但是研究精神也令人敬佩，他們會打破沙鍋問到底：「為什麼人要吃蟲？它的好處在那兒？」一想這些問題，頓時興奮變成一身冷汗。因為展覽期間我的上司，同仁都在場，問題答不出來，飯碗大概也保不住。於是一頭又鑽進圖書館，借來十大本書，日夜不停的啃讀了兩週，這下可增加了不少知識，原來吃蟲文化不只是在中國，像澳洲，非洲、墨西哥、南美以及小部分美國都有詳細紀載。尤其是非洲，每天菜市場都有賣烤毛蟲，就像我們吃炸馬鈴薯，長期食用就沒有什麼感覺了，從書中又知道，昆蟲的營養價值很高，尤其是蛋白質成份遠超過我們食用的牛肉和豬肉，牛肉含蛋白質成份只在百分之十九點六左右，有些昆蟲竟能達到百分之四十六至七十六左右。

文化中心的主辦人接納了我的構想，但是他要求我在週五晚上的揭幕酒會中先表演一手示範燒蟲給當地的市長；各當位主管及一些達官要人和他們的夫人品嚐。這道命令真叫我一夜難眠；想到萬一忘了放油或是鍋鏟抓不緊掉到地上，可不慘了！但是急也沒用，俗語說：船到橋頭直然直，聽天由命吧！週五晚上的示範，出人意外的順利，想來是那兩顆事先服用的鎮定劑幫了不少忙。想不到文化中心的主任還建議我應該上電視去示範，這種種的鼓勵加強了我不少信心，因此週六及週日的示範表演，更是駕輕就熟，贏來了不少掌聲。一些膽小的觀眾，在看完示範後都忍不住品嚐了一塊蟋蟀芙蓉蛋。大約有五百人都嚐過，事後也沒人來抱怨吃壞了肚子。最後一天我兒子的小兒科王醫生及一些老朋友也來參觀，因為人太多，大家擠成一團，我也無法與他們個別交談。不過我只見他們邊吃邊點頭，想來味道一定不會太差吧！

老師再見

一九七二年當我在安省皇后大學修教育課程時，我要求校方派我去當地一間低能兒童學校做二週的實習教育教學，同學們都為我這勇敢的挑戰捏一把汗，因為低能的孩子在性格的某些角度上較為敏感而脆弱，老師除了要具耐心之外，更要顯示對孩子們的關心與愛，在他們起哄或鬧情緒時要能壓制他們，但卻不能傷害他們較為薄弱的心，我之所以做了此項決定，因為在我讀初中時，同坐的一位同學是低能，經常受同學欺負，那時只有我最同情他，可惜當時在台灣這種孩子很多，也經常被笑為傻子，那時政府卻沒有像北美一樣有專門的學校及老師來收容及教育這類的孩子，以改進他們的生活及心理狀態。

記得第一天向日光學校校長報到時，他以好奇的眼光瞪著我，並以半信半疑的口吻問我：「你真的願意在這兒做實習教學嗎？這與普通的孩子完全不一樣啊！好吧，既然你想試試，我就派你去史密史先生的班上，如果有困難或改變主意，可隨時來見我」。校長帶我去史密斯先生班上時，孩子們正在唱加拿大國歌：「哦……加拿大」唱詞有前、有後、尖音、啞音、高音、低音……混成一團，如果不是那一句一再重複的「哦……加拿大」，還真以為他們在罵街呢。當孩子們看到我進來時，聲音慢慢的靜了下來，校長向史密史交待了幾句話便離開了，這位老先生很客氣的與我握握手，並對孩子們說：「這是喬治熊先生，他將與我們生活兩週」，我對孩子們立刻擺出一個極友善的微笑，孩子們張著嘴望我，似乎他們從來沒有見過像我這麼一位黑頭髮、吊眼睛的中國人。

下午上木工課時，史密斯先生把班上孩子分成幾個小組，交給我的有四個孩子，那天的進度是教孩子怎麼去把一隻木條釘在一塊小木板上，我是我拿了工具邊講解邊示範，然後我問他們懂了嗎？孩子對我嘻嘻笑，於是我又問了一遍，其中一個孩子對我說：「我不懂你在講什麼？」我的自尊心可受了打擊，可能我那帶中國腔的英語，使他們不瞭解吧！我忍下一口氣蹲在地上重新又做了一遍，並儘量使自己的英文講得清楚，誰知我的話還沒有說完，其中一個孩子一把抓住我的頭髮往後直扯，口裡唸唸有詞：「蒲公英……蒲公英……」痛得我眼淚直流，好不容易的我才鬆開了他的手，他對著我傻笑，絲毫沒有敵意，後來我才明白，昨天下午史密斯先生帶他們在校園後面拔過蒲公英呢！很簡單的釘木條，卻是足足花了我兩個鐘頭，來回做了十多次，最後還是要我握住他們的手，才能把釘子釘上去，當時是又累又灰心，想想又不能讓校長看笑話，於是我忍了下去。

日子在疲勞中總算過去了，週五是全校孩子到郊外活動，那天學校準備了兩部校車帶這七十多位孩子到市運動中心游泳池去游泳，學生先上車老師殿後，我撿了一個空位坐在一位十六、七歲女孩子的旁邊的，車終於開了，孩子們有的東張西望，有的是話淘淘不絕，忽然這位鄰坐女孩對我笑笑，並把手上戴的玻璃戒子給我看，很得意的告訴我她已經訂婚了，我笑笑對她說很好，突然她又轉過頭來對我說：「今天晚上讓我們來一次約會好了，打電話給我好不好？」頓時我被問得不知所措，四週的老師統統集中眼光盯著我，似乎要考驗我如何去應付此種場面，我的臉燒得好紅，只好裝作沒有聽見，望著窗外，好在車子不久就到達目的地，大家忙著下車才解化了這難堪的局面。

第二週我已逐漸能適應，我盡量用我的耐心去幫助這些孩子，我要讓他們自己去體會我是真心關懷他們，班上的孩子們也漸漸的能接受我，不再以陌生人的眼光來看我，在我領導他們讀書時，多半孩子的聲音都很宏亮，在我講小羊迷路找不到家的故事，孩子們也有了同情的反應。有一天史密斯先生準備了一些顏料和紙張讓大家畫畫，其中一個叫但尼的小男孩，大約七、八歲的樣子，平時是手腳動個不停，很難控制他的情緒，可是畫畫時卻是安靜得像一隻波斯貓，他埋頭在那兒畫，我悄悄的走了過去，令我驚奇不已，他的畫已經達到一個十二、三歲正常孩子的程度，畫的佈局與想像，強烈色彩與灰暗顏色對比應用，配合得好極了，我真不敢相信這一個低能的孩子在美術上的智慧遠越過他的年齡，我望著這孩子對於他的不幸而有無限感傷，假如他是一個正常的孩子，將來很可能成為一位傑出藝術家，那麼他的父母會為他感到多麼驕傲，想著想著我不自禁的把他摟在懷裡，紅著眼睛對他說：「畫得很好」他也感受的緊抱住我，遠遠的望著史密斯先生，他正在對著我點頭微笑。

在兩週實習教育教學面臨結束那天，孩子們在班上送給了我一張自己做的大卡片，上面在史密斯先生的幫助下都簽上了自己的名字，並寫了兩個大字「老師再見」我激動的一時說不出話來，最後我對他們說了「我愛你們，我將會永遠的懷念你們……」。

在結束皇后大學教育課程後，我一直在瑪吉爾大學昆蟲博物館做研究及教課，始終沒有機會回去教導這些孩子，的確有許多時候，這些孩子們的影子會漂浮在眼前，我很同情他們的不幸，也很想念他們，尤其那位叫但尼的小男孩。

與鍾麗緹共進晚餐

大約在廿多年前內人及我去伊麗沙白皇后大旅館參加蒙特爾中華醫院舉辦的募款晚宴，在電梯上見到一位穿米色風衣長得非常秀氣的東方少女，我們想大概也是來參加宴會的吧。晚宴開始前由主席報告然後由司儀介紹今晚之貴賓，蒙特爾華人各單位首領及市長及地方首領都到齊了，當司儀介紹到：「現在要介紹的是本年度的蒙特爾的華埠小姐……」只見前方第一桌一位穿紫藍色露肩晚禮服的少女站了起來向大家招招手，我們仔細一看不是來時在電梯上見到的那位女士嗎？經過一般化裝後竟亮麗的像一塊藍寶石，光芒四射。

大概是半年後她代表蒙特爾市到香港參加世界華埠小姐競賽，榮獲冠軍，於是便留在香港發展電影事業，前後也主演了卅來部電影，由於外型太漂亮，在銀幕中多以花瓶姿態出現，一九九八年她與比利時一位人士結婚，生了一個女兒，但她發現先生並不真心愛她而離婚，不久又遇到來自台灣一位嚴姓音樂家，生了兩個女兒，原是很美滿的生活，未料先生有外遇又再次受到打擊而離婚，這時她年歲已大，加之新人輩起，拍片機會不多，恰好泰國某電影公司要找一位外型美麗成熟，而敢在銀幕上有暴露大尺度的演出，於是他們找到了鍾麗緹，她前後主演了兩部電影《晚娘》及《色戒》，許多人多以色彩的眼光來看這兩部影片，不過它是與一般二、三級色情影片大有區別，片子拍得很認真，故事雖離現實很遠，但演員的演出，與片子的剪接、取景、音響都很不錯，也可說鍾麗緹不但表現出性感的一面也發揮了潛在的演戲才華，事業又有了升華，蒙特爾市的地方英文報紙以大篇幅的登了鍾之照片，並介紹她是亞洲最性感的明星。

九年前的一個夏天，我的四弟和他的未婚妻及未婚妻前夫所生的女兒瑰絲蒂來我家度假，四弟說瑰絲蒂從北京才回來，她在北京最好的朋友鍾麗緹也回來了，鍾要在明天請大家去南岸一家豪華的泰國飯廳吃飯，也請了我們。我們非常興奮能夠又能見到已成為明星的昔日的華埠小姐。

四弟開車東拐西轉因為路不熟費時一小時才找到餐廳，好在主人尚未到，但她已訂了位，我們就先入坐，那時我在想這位銀幕上的性感明星一定打伴得花枝招展，珠光寶氣，剛坐下五分鐘請客的主人到了，竟然讓我跌破眼鏡，她那天不施脂粉，穿件白上衣黑長褲，頭髮紮個馬尾，非常樸素，對人也很客氣，一點沒有明星架子，同時本人比銀幕上瘦了一環，她帶了她的父母、妹妹及三個女兒，她很禮貌的一一介紹，在餐桌上她剛好坐到我的旁邊，她告訴我她有八年沒有回來了，真是非常想吃城中心塞琳蒂洋開的那家餐館的燻肉，她又說塞琳蒂洋有次來到店裡視察，竟然那時在桌的客人全部免費由塞琳請客。談了一陣我告訴她廿多年前我在中華醫院舉辦的晚宴上見到她，她驚訝的看看我說那是廿多年前的事了，那時大學畢業不久當選了華埠小姐，到香港參加全球華府小姐比賽，本欲事後返回蒙特爾繼續深造讀MBA，那知卻在香港娛樂圈中混了幾十年，我說我是她的「粉絲」，又問她為什麼呆在北京？她說她喜歡北京的文化氣氛，她又告訴我她的大女兒已經十五歲了在讀高中，她想在她畢業後準備申請瑪吉兒大學（McGill University），我問她女兒的英文程度如何？她說應該沒有問題，因為從小她就在美國學校讀書，我對她說如果需要學校資料，我可以幫忙，她高興的笑著說那太好了。

吃過晚餐她邀請我們到她們家去喝茶，於是我們坐上四弟的車跟著他們的車開往她們南岸的家，在路上敏文對我說鍾麗緹的母親雖然很胖，但是臉上的輪廓長得真好，我說是的這麼大年紀，眼睛還是那麼閃閃有光。不久到了她的家，鍾的父母非常好客招待我們坐在他們後園的搖椅上陪著我們飲茶聊天，瑰麗蒂和鍾麗緹在廚房裡吃東西話家常，她的妹妹很會招呼客人，又拿水果又送甜點，我對鍾的母親說我太太一直誇獎妳輪廓長得好，年輕時必定是個大美人，她聽了高興的哈哈大笑，轉身跑回房去拿了一張她年輕時的照片給我們看，照片中的她說身材有身材，論面貌有面貌，真是美人胎子，我對她說有這麼一位漂亮的母親怪不得女兒也如此漂亮，她又是一陣哈哈大笑，她告訴我們她是道地的越南人，先生是華裔早年來蒙特爾發展，她在廿一歲來加時嫁給了他，她嘆了口氣又說現在每天有做不完的家事，可是體重日日增加，也不知何原故？敏文告訴她可能是年紀的關係，她點點頭說可能是吧，我又對她說廿多年前在中華醫院晚宴上見過她的女兒，她那時剛當選華府小姐不久，她眼睛睜得大大的問我是不是選美的裁判，我說不是我只是那天晚宴上的客人，她告訴我在女兒報了名之後，她們母女不抱很大希望，因為參加選美的小姐不是會說流利的廣東話便是標準的國語，那時的麗緹僅會講法語、英語及越南話，可能在回答裁判問題時會吃大虧，真沒料到結果得到第一名當選了，到了香港來自世界各地的佳麗不是會講廣東話便是國話，真未料到又得到世界華府小姐頭銜，這時鍾老先生接著說廿多年來麗緹是唯一代表蒙特爾而得到世界華府小姐頭銜的人，言下這兩老為這位美麗的女兒感到十分驕傲。

我們大概呆了一個小時便告辭回家，倆老及麗緹一直送我們到門口，在車上瑰絲蒂告訴我們，鍾在北京帶著三個女兒多在電視節目出現，或替公司拍廣告片及剪彩為生，電影也有演出，但數量不多，手上有點積蓄，只是在婚姻上有過兩次失敗，她一直盼望有一位真心愛她的男人，我們覺得鍾麗緹及她的父母對人十分熱情而很有禮貌，鍾很疼愛三個孩子也對孩子未來抱著一種希望，不施脂粉的她有一種清新脫俗的氣質，不像時下一般年輕女明星，經過整容使你幾乎認不出誰是誰。

大概三年後傳來消息，與鍾麗緹在同一電視節目出現的一位年輕而小鍾十四歲的男演員，向鍾猛列追求，並且訂了婚，一般人覺得這小鮮肉多半為了她的錢，故有親友勸她對這婚姻要多做考量，鍾卻說只要他有一半愛我就很滿足了，次年便舉行了盛大婚禮，禮堂佈置多以藍色為主的海底裝飾，因為鍾麗緹在香港首部領銜主演的電影叫「美人魚」，可見這位年輕人是很羅曼蒂克而討女人歡心的人士，我們只盼望這位帶著三個女兒在紅塵中奮鬧中的母親，找到了一位真正愛她的男人

小何的婚姻

小何是二弟的死黨，人長得又高又瘦，初次見面可真把我嚇了一跳，加之小何在女孩子面前不善言詞，年過三十還是王老五一個。二弟很同情小何，小何雖然外型平凡，到底出身於書香門第，有點讀書人氣質，對朋友還有點義氣，加之二弟又是小何最崇拜的戀愛專家，所以對小何的終身大事，二弟不能不插手幫忙做起他的戀愛顧問來了。有一天二弟出點子跟小何說：「加拿大人的中國女孩子到底不多，選擇有限，為什麼不在台灣的中文報紙登一個徵婚廣告試試？」小何聽了眼睛一亮，想想這也是辦法，只是出國多年，除了在旅社做了半年嚮導，一直在餐館打工，在大學裡也只斷斷續續修了兩門課，也沒混個學位出來，去年好不容易在多市開了一家小餐館，由於地點太偏，經營不當，不到半年就轉手賣了，因此他對二弟說他不知道在徵婚廣告上寫些什麼來介紹自己，二弟拍拍胸膛說：「小何，一切由我包了」。

不久，台灣的一家中報紙登了二弟替小何寫的徵婚廣告：「茲有留學加拿大華人一名，年三十，未婚，身高一八二公分，風度翩翩，身體健康，喜愛音樂、旅遊及英國古典浪漫文學，忠厚踏實，從事餐旅營業多年，收入頗豐，誠徵大專程度，俏麗嫵媚，無不良嗜好，身高在一六五公分左右之淑女，先友後婚，請寄上照片及簡歷，不合則退」。一個月後，小何竟陸續的收到竟兩百封女士們的回信。二弟又請了陳大寶、賴進財兩位情場老將來參謀及整理資料，小何更是忙得不亦樂乎，每天大家上館子吃宵夜費用都由他包了。這樣忙了一週，終於選出三位俏麗佳人，由小何來決定那一位最中他的意，小何看了照片一遍又一遍，二弟打趣的說：「你是否在唐伯虎點秋香？難做決定呢！」，小何終於把眼睛停在中間的一張照片上，照片上這位女士長髮披肩，半側的瓜子臉配上兩條烏黑的柳眉及一對明亮而令人銷魂的媚眼，挺直的鼻樑下是那柔和而帶性感的雙唇，黑白二色低胸緊身洋裝，襯托出那豐滿而成熟的身材，小何看得著迷了。二弟略帶懷疑的口吻對大家說：「這個妞兒條件這好，外型足可當明星，加之又是大學畢業生，怎麼可能沒有對象呢？」，陳大寶插嘴說：「熊二：你就錯了，現在的社會是條件愈好的女孩子愈找不到對象，為什麼？就是女孩子眼光太高，加之男孩子自卑又不敢去高攀」。賴進財接著說：「在台灣許多漂亮的女孩子還是很崇洋的，咱們這位何阿呆是佔天時地利的光，現在正在走桃花運呢」，於是大家哄堂大笑，小何更是高興在心裡。

自此以後，小何整日埋在圖書館內，不是寫情書，就是閱讀徐志摩的詩集，女方的文筆流暢華麗，逼得小何不得不下功夫來充實情書內容，以討對方之歡心。三個月過去了，一天小何興高采烈跑來對二弟說：女方已答應了他的求婚，他正在替她辦理來加手續，二弟勸他還是多觀察一段時間為好，小何帶著信心的說女孩子的確對他產生感情而愛上他。一旦簽證批准，他就會寄上旅費及製裝費給她，並且準備在她到達一週後就公證結婚，二弟見他信心十足就沒有再說話了。

這天小何顯特別興奮而緊張，日夜思念的俏佳人今晚就要到了，小何在二弟的指點下穿了灰色帶條紋的新西裝，配上一條藕紫色的領帶，中分的頭髮，黑亮的皮鞋，手上捧著一打黃玫瑰，小何這一身打扮倒有幾分紳士派頭，人也瀟灑不少。陳大寶架著賓士車帶著大家直奔機場，這天接機的人很多，鬧轟轟的一團，不多久提行李的旅客終於出來了，小何緊張的咬著嘴皮，眼睛直往人群中搜索，一批又一批的旅客都走光了，始終見不到那位隔海麗人的俏影，就在此時見到一位身材五短，面如銅盆，身著藍花短洋裝，露著一雙粗腿子的中國女子，手提著一大一小的皮箱，站在機室門口，像鄉巴佬似的東張西，小賴打趣的說：「我的媽呀！小何該不是那位小姐吧？」，二弟推了小賴一把說：「別殺我們小何的風景好不好，開玩笑也要有個邊，這個妞兒連邊也挨不著呢……」，說著這位矮小的女子竟向大家走了過來，她先朝眾人望望，忽然停到小何面前，興奮的叫了出來：「何世魁是你呀！哎喲！我等了好久，還以為你耍黃牛呢？」，這一叫真把小何嚇了一大跳，一束鮮花散落滿地，結結巴巴的問她：「妳是誰？」，這女子眼睛睜得大大的說：「我就是俞嘉麗呀！」，這時大家都被嚇呆了，還是二弟來得沉著，帶著半懷疑疑的口吻問她：「小姐你有什麼證件來證明妳就是俞嘉麗？」，這陌生的女子慌慌張張的從小皮箱內掏出護照、身份證，情書一大堆東西，護照上的姓名、年齡、籍貫都沒錯，陳大寶氣得滿臉通的衝著她說：「小姐，你一定是用假照片來騙人，為什麼妳的相貌與妳寄來的照片沒有一點相同，明明白白是兩個不同的人」。這女子起初，還想編出一大堆故事說：「那是三年前瘦時的照片」，又說當時是經過台視化妝師替她化妝的，於是引起大家的憤怒，一時罵聲、吼聲混成一團，機場安全人員匆匆跑過來問是發生了什麼事？這時二弟才建議大家去機場餐廳談判，大家坐好後二弟叫來了幾杯飲料，勸大家冷靜一點才開口說：「俞小姐，假如妳能說實話一切都好商量，小何手上有妳過去寄來你意的照片及信件，我們可以把這些資料送到加拿大治安局告妳騙婚，那麼妳會被判坐牢，一年、兩年、甚至十年，那要看妳犯罪輕重而定了……」，這女子一聽要坐牢，哇！的一聲哭了起來說：「何世魁，對不起，那張照片是我一位在電視台做演員的朋友，她已結了婚，是她鼓勵我這樣做，我告訴她我不想騙人，她卻說，起初你們會有一段時期的書信來往，以培養雙方感情，一旦感情成立，男方就不會太注意妳的外型了，我當時想想她的話也對，就這樣做了……」，小何聽了直跺腳說：「算我倒霉，妳馬上給我滾回台灣去」，俞姓女士聽了哭得更厲害說：「我那有臉回去見我的親戚朋友呢！何況我又沒有錢去買飛機票，何世魁，請你念在過去三個月來我們的書信來往的那份情感，原諒我，我願意為你做牛做馬，只要你能收容我……」，小何在極度失望下狠心說：「我是決定不要妳這樣的女人，我替妳買回台灣的機票，今晚就離開」。由於當晚沒有回台灣的班機，小何在機場訂了一張次日清晨由多倫多經溫哥華轉飛台北之機票。由於大家都不歡迎這位女騙子，小何只好把她帶回自己的單身公寓，氣得抓了一條毛毯睡在沙發上，俞姓女子一夜哭哭啼啼，吵得小何整夜難眠，次晨六時二弟來敲門，見到小何睡眠不足，一身狼狽像。便偷偷打趣說：「怎麼樣？小何，是否移花接木，生米已成熟飯？」，小何猛搖頭晃腦的說：「去你的！別開玩笑了」。

俞姓女子哭腫了雙眼，自言自語的終於走進了登機室。回程中小何一路沉默寡言，二弟嘆了一口氣勸他說：「小何，壞的不去，好的不來，這都是命，總有一天你的機緣會來的……」。這次的打擊，小何沒有責怪任何人，但他已決定今後不會再依靠別人來參謀自己的婚姻計劃，他決定獨戰獨行去闖天下。

不久小何去了邁阿密在一家中國餐館當二廚，餐館生意不錯，小何也存了一些錢，大約過了兩三年，二弟突然接到小何的長途電話，電話中小何的聲音充滿朝氣，二弟放下電話，家人們都急著問小何找到對象沒有？二弟笑瞇瞇的說：「小何不但有了女朋友，下禮拜五要帶佳人來跟大家見面呢」。二弟也決定在那天排上一桌酒席給小何接風，除了陳大寶、賴進財就是熊家幾位兄弟姐妹做陪客了。週五那天二弟打電話到城中假日旅館，小何說：「他們下四時才到達多倫多，女朋友很累，能不能改在週六晚上七時在同一飯店與大家見面好了」。二弟始終覺得對小何有份歉意，那天訂了一桌最珍貴的海珍大全席，替小何在女朋友面前充充面子，七時半左右小何終於姍姍來遲，身邊陪著一位身穿墨綠色洋裝，上了年紀的婦人，大家都好生奇怪，小賴壓低了嗓門對二弟說：「是不是小何的女朋友生病不來了，小何帶了女朋友的媽來了」，小何走進來一把熱情的摟著二弟，嘻嘻哈哈的忙著給大家介紹身邊的這位婦人：「這是我的女朋友史忻釧」，小何這一介紹，大家都聽呆了，半天沒有聲音，還是二弟打破僵局說：「小何，路上辛苦了吧？」小何笑笑說：「我還好，只是忻釧累得全身骨頭痛，今天早上去看醫生，醫生說是什麼老年病，真是胡說八道，像忻釧這種年紀的人，怎麼會生老年病？」，大家又是一陣沉默，沒人接腔，二弟剛快把話轉到邁阿密中國中國餐館的話題上，乘著小何上廁所的機會，二弟跟了去，進了廁所，二弟一把小何的手問：「小何，咱們是十多年老朋友，坦白告訴我你是怎麼認識這個老女人的？她有多大年紀？」，小何面帶慍色的說是有一次餐館打烊，在朋友家搓麻將認識的，女朋友的確比他大幾歲，今年四十二，但他並不介意，二弟氣沖沖的說：「小何我見過的女人太多了，這個女人起碼五十好幾，千萬別再受騙啊！」小何對這女人已放進感情，一直替她辯護說：「是由於旅途勞累，加上未來已前就感冒了好幾次，所以憔悴不少」。他們在多倫多只住了三天，又匆匆忙忙回邁爾密去了，這時大家都為小何的前途擔著一顆心。

有一天陳大寶拿了一份中報紙，急急忙忙的跑來找二弟，他對二弟說小何的女朋友上了報紙，二弟趕緊打開一看給嚇呆了，照片上果真是她，原來小何的女朋友是台灣的一位通輯犯，在台灣前科累累，今年年初倒了不少人的錢，後捲款逃亡海外去了，年紀已有六十二歲。二弟馬上撥了一個長途電話給小何，電話中小何垂頭喪氣的說，他也看了報紙才知道她的來歷，他已七、八天沒有見到她，不知道她躲到何處去了，他又對二弟說這女人沒有騙他一分錢，只是情感上對他打擊很大。

次年小何又回到多倫多定居，認為邁阿密是一個令他心碎的地方，二弟那時正忙著自己做生意，也不願再多管小何的事，所以二人幾乎沒有什麼來往。有一天二弟接到陳大寶電話告訴他小何結婚了，現住在皇后路離中國城很近，二弟要了小何電話號碼立刻撥了一個電話給小何，電話中二弟略帶責備的口吻說：「小何，怎麼結婚了也不通知一聲？」，小何沉默了十幾秒鐘嘆了一口氣說「熊二，真是一言難盡……」，二弟覺得小何語氣非常消沉，於是問小何能不能找個地方談談，小何說他老婆不在家，可到他家來聊聊，於是二弟要了地址立即開車到了小何家，小何看來較過去憔悴不少，住在一棟老房子二樓，租了兩間房間，中有打通的小門，客室的角落隔了小小的廚房，廁所及澡室則為公用在二樓走道中間，二弟見了他驚奇的說：「小何，才一年不見怎麼瘦成這樣？」，小何沉默了一下，然後告訴了二弟他的遭遇。

半年前他回到多倫多，住在中國城後面兩條街的單身公寓，有一天去中國城理髮，當修剪剛完成，一位長得高高白白的小姐過來問他要不要洗頭，他沒有拒絕，這位小姐很有耐心的替他洗頭，並用手指在他頭兩側的太陽窩輕輕按摩，小何感到十分舒服，於是那洗頭小姐問小何：「要不要我替你捏捏肩膀？」，小何點頭說好，頓時小何感到全身舒軟，於是那小姐又問：「先生貴姓大名？」小何回答說：「我姓何叫世魁，小姐貴姓？」那洗頭小姐說她叫黃梅香，三個月前才從黑龍江的哈爾濱來的，她又問小何從那兒來在那裡高就？小何跟她聊得高興，告訴她他是從台灣來多倫多將近十年，一向在此地及美國經營餐館事業，最近結束了邁爾密營業回多倫多休息一陣，那小姐聽了高興的說：「你有沒有在狀元樓左側第三家新開的越南館吃過嗎？他家的越南米粉真是好吃極了」，小何說：「沒有，改天請妳做嚮導一塊去吃好嗎？」那小姐猶豫了一下說：「讓你太太知道不好吧？」，小何笑笑說：「放心好了，我是單身」，那小姐也握著嘴笑笑說：「好吧，週五下午我不上班，我們五點鐘在餐館見」，小何高興萬分，臨走時多賞了她幾塊錢小費。

週五四點半鐘小何就到了餐館，將近五時從大門進來一位身著粉紅上衣，白色短裙，白高跟鞋，戴墨鏡的高挑小姐向小何桌子走來，小何看到一驚，目前這位小姐經過打扮與在理髮店見到的判若二人，心想怪不得很多人講哈爾濱的女孩最會打伴，兩人各叫了一碗米粉，一碟春捲，吃得津津有味，吃完後小何付了賬對那位黃小姐講時間尚早要不要到他公寓坐坐，就在餐館前兩條街，一路上兩人又講又笑，黃小姐很大方的挽著小何的手，進了小何單身公寓，黃小姐自動的半躺在小何的床上，脫下高跟鞋，一直抱怨講鞋子太緊，腳都走得酸痛，小何看了對她傻笑，於是黃姓女子坐了起來拍拍床邊說：「坐那麼遠幹什麼，過來坐我們好好聊聊」，兩人坐在床邊聊了一陣，多半都是那位黃小姐在講在理髮店工作有許多客人約她出去，她都拒絕，因為看小何忠厚才跟他約會，小何聽了甚是高興，過了一陣那黃姓女子問小何有什麼喝的飲料沒有，小何不好意思的說除了白開水什麼都沒有，那黃姓女子指著架上的一個瓶子說：「那是什麼？」，小何看了一眼說：「那是朋友送的一瓶義大利產的葡萄酒，很好喝要不要嚐嚐？」那女子點點頭，小何用酒杯倒了兩杯，邊喝邊談，兩人談得十分投機，喝完後那黃小姐又半躺下，把兩條腿放在小何大腿上，嗲聲嗲氣的說：「我的小腿肚子好酸，能不能替我捏捏？」，小何一邊捏，兩隻眼睛卻釘著那又白又長的大腿上，情不自禁的用手在大腿上摸了兩下，那女子非但沒有抱怨，反而坐起來躺在小何懷裡，那頸子上發出的香水味，使得小何全身激動的發熱，一把把那黃小姐摔到床中央，兩人又抱又滾，就這樣發生了性關係。

事後小何雖然很興奮，但是想想這女孩很浪漫又很主動，是做情婦的材料，恐怕不適於做妻子，而自已目前要找的是家庭主婦型的女人，因此小何在矛盾中，一個多禮拜沒有去找黃小姐，有一天門鈴響了，小何去開門闖進來三個壯男，其中一個最高大的一把抓住小何的領子罵道：「王八蛋你玩了我妹子想逃避是嗎？」，小何赫得睜大眼睛說：「你是誰？」，那壯男說：「老子是黃梅香的哥哥，你搞了我妹妹想不負責任」，小何搖手說是她自願的，那姓黃的壯男在小何頭上敲了一下說：「我妹子說是你把她灌醉了而強暴了她，我今天就是來抓你裡到警察局報案說你強姦民間婦女」，小何一聽嚇得發抖說：「好商量，你開個條件吧？」，那姓黃的壯男放開了小何說：「條件很簡單，你明天就到市政府跟我妹子公證結婚」，小何說：「太倉促了吧，我們彼此需要多瞭解」，那姓黃的掏出手槍往桌上一拍罵道：「狗雜種，老子可以等，我這玩意不能等！」，小何在威脅小次日帶了證件跟黃姓女子在市政府辦理了結婚手續，一週後黃香梅又拖了丈夫去替她申請辦理長期居留。這時小何才明白他是被利用了。

結婚不久黃梅香露出了真面目，過去的溫柔都是裝出來的，為人不但潑辣而且十分敏感，一點不順她或講錯一句話便被她罵的狗血淋頭，有時還動手打他，家事一點也不做，小何半年來積畜也用光了，每日除了燒飯、洗衣、打掃房間，因為廁所在外面走廊上，晚上老婆尿到塑膠桶裡，早上還要替老婆倒尿洗尿桶，生活得苦不堪言。，二弟聽了搖搖頭說：「小何你為什麼不找一個工作做做？」小何說：「熊二，你是知道這兒餐館都是廣東人、潮州人天下，不要說大廚連二廚的工作你也撈不到，我是在多倫多做過老闆的人，我那能扯下臉替人洗碗、端盤子」，二弟想了一下說：「對了，小賴在溫哥華開了一家川菜館，生意興隆，廚房裡缺人手，你為什麼不去試試？」，小何聽了眼睛一亮說：「那到是好主意」，就在此時房門哎的一聲開了，原來是小何老婆回來了，小何忙著介紹，黃梅香熱情的說：「啊熊先生！世魁常提起你，請坐，請坐，世魁呀！客人來了茶都不倒一杯」，邊說邊用熱水瓶沖了一杯茶給二弟，二弟心想這女人不像小何說的那麼壞嗎，黃梅香到臥房換了便衣出來對小何說：「世槐，快去金城飯店買半隻燒雞，一條叉燒，留熊先生在這兒吃飯」，二弟連忙搖搖手說：「不必了，我有約會，謝謝我坐一會兒就要走」，小何見老婆心情好於是乘機跟老婆說：「梅香：我想下個週末去溫哥華看看小賴」，黃梅香聽了眼睛一瞪對他說：「何世魁，你是否有錢沒地方花了，你知道去溫哥華來回機票有多貴，老婆每天做工累得死，你倒有心去溫哥華玩耍！」，小何說：「我不是去玩，小賴在那兒開了一家川菜館，需要人手，我去看看有沒有工作機會」，黃梅香用手指著小何說：「多倫多這麼多餐館你都不去試，卻要跑到千里之外去找工作，你是存什麼心？」小何說這兒都是廣東幫，他根本打不進去，黃香梅氣得搖搖頭大聲說：「多倫多有上百家中國餐館，何先生請問你試過多少？」，小何說：「妳這人真不講理，我倒了八輩子霉娶了妳，連一點自由都沒有！」，黃梅香氣得跑到小何面前指著他鼻子說：「你這鬼孫子，老娘堂堂黃花大閨女嫁給你這瘦皮猴，你吃虧了嗎？你去，可以去，被我抓到，我會把你切成肉塊餵狗吃！」，小何拉著二弟在那可以撐腰，回罵了她一句：「去你娘的你敢！」，黃梅香萬想不到小何膽子這麼大，氣得火冒三丈，重重在桌子上一拍說：「他媽的，你以為老娘不敢！」說完轉身向廚房跑去找菜刀，二弟一看情況不對，跑過去雙手抱住黃梅香說：「嫂子千萬不要衝動，小何只是問問，他那捨得離開你！」，黃梅香掙扎了半天，推開了二弟，坐在地上又哭又叫罵道：「你這活死鬼呀！沒有好良心，老娘辛苦養了你半年，現在翅膀硬了想飛了……」，她淘淘不絕的罵了十多分鐘，二弟看她累了，扶了她起來坐在椅子上，她抓了一把衛生紙一直擦眼淚，小何坐在桌子另一頭生悶氣，二弟實在不願意扯進他們夫妻爭執的漩渦中，過了一陣看雙方氣都消了一半，便起身告別。在回家路上二弟一直在想：小何真是在走霉運，怎麼碰到的女人一個比一個差。

第三章

友誼

友從遠方來

三年前的某一天我突然接到一位老友世敏從紐約打來的電話，當時我真嚇了一跳：他怎應會找到我？因為我們有四十五年沒有見面，也失去聯絡。原來他有一位同班同學在多倫多認識我的二妹，從她那兒得到我的電話。當時我們談得很投機而興奮，他並告訴我雖然他已七十，但是經常和臺灣過去的籃球國手盧儀信、李南輝等老將打球，我聽了吐吐舌頭，心想這位老兄真是老當益壯呢！我也不甘示弱而告訴他：我每週有三小時的有氧舞運動，週二晚又去上社交舞課，加之每晨練太極拳。他聽了哈哈笑起來。我們約定次年春天在我家見面，到時我會開車來機場接他。

次年春天一直沒有世敏的消息，心中是感納悶，於是打了一個電話到紐約，世敏在電話中告訴我：他近來有一天忽然發暈，在沙發上躺著起不來，我勸他做個檢查，等身體好了之後來我這兒也不遲，同年九月我因身體不適開刀，因為手術不順而在床上躺了一年，一天世敏打電話來說他準備三月份來拜訪我，我告訴他我整整病了一年，目前還不能開車。於是他建議次年春天等我身體復原再聯絡好了。一年又匆匆而過，美麗的春天又來臨，我的身體已復原不少，於是我撥了一個電話給世敏，約他來玩，不料他從電話中告訴我，他今年可能不能來，因為風濕很厲害，行動不便，我們再聯絡好了。這樣又過了一年，在七月份接到世敏的雷話：他告訴我如果一切方便的話，他準備搭機來拜訪我。當時我真是高興，告訴他快去訂票，到時我會到機場接他。放下電話，心中非常興奮。

世敏是我在大學畢業後在軍隊服役時認識的，那時大都是廿多歲的小伙子，世敏身高六尺，是打校隊籃球健將，人長得英俊瀟灑，對人彬彬有禮，是許多女孩子夢中的白馬王子，由於我們談得很投機而成為很好的朋友，世敏的身世也很可憐，大陸淪陷時是由伯交帶出來的，那時他才十二歲，伯父自已也有三個孩子，他總覺得有種寄人籬下之感，退役後他想找一份本行在銀行的工作，由於缺乏人際關係，幾次應徵都敗在班上成績遠不如他而有人事背景的同學手上，他為此事十分失望和消極。伯父看他一直工作無下落，就安排在自己的印刷工廠做校對工作。

一年過去，世敏覺得在伯父工廠幹下去，這輩子難有出頭日子，眼看自己的堂兄妹及同學們都已紛紛出國留學，算算自己的經濟能力，那是絕對辦不到的事。他於是變得沉默消極。不久他在一家五金行找到一份工作，老闆是一位靠撿垃圾，買破銅爛鐵起家致富人士，他很賞識世敏的一表人才，鼓勵他工作不要分高低，只要有抱負，肯努力，總有一天會成功，世敏起初不太滿意這份工作，看在老闆供吃供住，也有點薪水，就將就的做下去，至少他不必再靠伯父生活而獨自立。在我出國前一天，我特意去看他，向他辭行，那天是週日，宿舍裡黑壓壓的，靜得怕人，走進去只見世敏低了頭坐在床邊發呆，我叫了他一聲，他驚奇的側過頭來，向我招招手。我擠在他旁邊坐下來，告訴他明天我將搭西北航空公司飛機到東京，然後換加航飛往加拿大，到了那兒我會寫信給他，他的回應是出人意外的冷漠，勉強的說了一句：「那很好」，似乎是我這番話觸發了他的心事，頓時，屋子裡的氣氛變得十分低沉，我坐了一下就走了。次日登機前，我多次回頭向人群中望望，希望能見到這位好朋友來送我。因為這一別，真不知何時能再見面，很失望的一直看不到他的人影。

到加拿大後，學校功是很忙，我還是寫了兩封信給他。但如石沉大海，沒有回音。三年後，我忽然接到他的一封信。信中他告訴我，他已升為五金行的經理，月薪有四位數字。他已結了婚，並準備送他太太去美國讀書。讀完他的信，我為他感到十分高興。回信中我向他道喜，目前我還在學校博士班啃書本，還是你們留在台灣的人發展大，這是我們最後一次的書信來往。以後四十年就失去了連絡。

早上起來，外面天氣真好，出著大太陽，心情緊張而興奮，看看手錶，換了衣服就直奔機場，在出口處，成群的旅客帶著疲憊的身軀擁擠著出來，此人似曾相識，但是世敏在我心中是高大結實的，而眼前這位先生似乎個子矮了些，身體也顯得軟弱。他慢慢的走過來，望望我，我也半信半疑地望著他，他終於開口了：「你是熊家基嗎？」，我：「哇」地一聲叫了出來，馬上跑上去熱情的抱著他，並接過他的手提包，在車上我們開始聊聊過去在軍中的趣事，韶光似箭，他談到一些老朋友在漫長的歲月中，大家都失去了連絡。

世敏人真客氣，帶來了許多禮物，除了送內人一條毛披風外，又送了我們名貴的碧螺春茶及風梨酥。當晚我們請他在西島一家中餐館吃飯，大家聊得很愉快。世敏說當年在五金行做事，在老闆那兒學了不少做生意的竅門。老闆年老退休時，就把全部事業轉讓給他，不久就發展到除了五金買賣外，又增加了其它多項貨物的進口買賣，盈利直升，而他的太太也到美國深造去了。這時他認識了一位來自紐約的猶太商人，他很欣賞世敏的生意頭腦及責任感，不斷的鼓勵他到美國做服裝生意，於是他結束了在台灣的生意，來到紐約。他與夫人在長島買了一棟房子，也成了一家造出口公司，專以女性服裝為主，他每日工作十四小時，一年中有好幾個月的時間，都在各地採貨，選材料和推銷成品，他的夫人則在紐約長島教養兩個孩子，夫妻感情很好，也購了不少錢。於是在上海、台北和美國都有房地產。在經濟上，已不是我們這批當年來北美深造，而一生靠公務員薪水養家的人可以相比了。我對他說：「世敏你真行！你的事業成就，真叫我們羡慕萬分」。他聽了很高興，臉上流露出滿足的成就感。

飯後回到家，他告訴我去年患風濕病，特意去了中國大陸，出高價請了著名的太極拳專家，一對一教了他三個月的太極拳，並給我帶來兩卷錄影帶，由於世敏在我這兒只呆一天兩晚後要趕回紐約，我決定次日清晨在後花園跟他練練太極拳，然後去附近小鎮散步，讓這位從世界第一大都市的朋友享受一點小鎮的悠閒。我們在麥當勞吃過早餐，就沿著美麗的聖勞斯河向小鎮走去。到了小鎮，大家都走累了，就在路邊的小公園的一張長椅上坐著休息。世敏滔滔不絕地講了一些做女裝的經驗。在選貨、式樣、制作上都有很多名堂，我雖是學科學的，但從小熱愛藝術，聽世敏講服裝，感到十分新奇有趣。正當我聽得過癮的時候，世敏突然停了下來，帶著沉重的口氣對我說：在他五十六歲的時候，他從美國台灣訂貨，有一天在旅館裡，覺得全身發麻出冷汗，胸口如千斤石壓著絞痛，他趕快打開門大叫，剛好服務生經過，叫了救護車，把他送到醫院急救，醫生判斷他患了心血管阻塞，必須動手術，於是換了七根血管，才把他從死亡邊緣救了回來。我聽了嚇呆了，他接著說：血管是從大腿上取下來，接到心臟上去，壽命只有十五年，今年已經是第十一年，還有四年。這也是他這幾年來一直在各處打聽老朋友下落的原因，希望在有生之年，能跟他們再見見面，否則怕來不及了，聽到這裡，我心中頓時感到納悶，不知道如何去安慰他，這一晚上我輾轉難眠。想到世敏這一輩子想出人頭地，不斷地工作賺錢；壓力一定很大，因而失去健康。

次日送他去機場，一路上大家都很沉默。望著世敏進入機場關口而逐漸消失的背影，我感到無限的惆悵。回到車裡，我緊緊的握住駕駛盤，終於忍不住的哭了起來。

世敏走了

自從前年世敏來我家小住，轉瞬又是近兩年沒有連絡了，好幾次拿起電話又放下，因為兩年前他告訴我他開刀接的心臟血管，一般壽命十五年，那年是十三年，我很害怕聽到不好消息，最後我還是撥了一個電話過去，是他兒子接的電話告訴我他父親去北京處理一下私事還沒有回來，我請他轉告回來後請撥一個電話給我。

世敏是我在軍中服務認識的，他跟我還有一位淡江大學畢業的叫陳伯舟的朋友分在一組到軍中各單位做巡迴教官，那時生活非常舒服，到各地演講都有吉普車接送，因為我們都是政府最高層選拔出來送去軍中，各單位為了討好都以酒席，美食招待，住的地方多半是當地的招待所，下午時間是空閒的，因此我們經常結伴到當地名勝古蹟去遊玩，而成了很好的朋友。世敏長的是高大英俊很有氣質，伯舟溫文儒雅，戴幅眼鏡，書生派頭。退伍後世敏與我常見面搓搓麻將，伯舟則來找我聊天吃吃小館。那知出國後竟失去連絡，世敏轉折從朋友那裡得到我的電話號碼四十多年後才連絡上。兩年前他來我家小住三天，我們聊了許多往事，留下深深的回憶。

大概一個月後，我接到世敏電話，他告訴我去年是他一生中最痛苦的日子，因為與他相處四十多年的老伴過世，他感到傷心與寂寞，我問他嫂夫人得的是什麼病了？他說有天他太太突然中風送到醫院治療半年後已康復不少，可以自己穿衣服，他們全家都高興萬分，正準備從醫院回家前，他太太肚子痛得厲害，只好留院做檢查，那知道檢查結果是胰臟癌，只好再住醫院繼續治療，受盡折磨，三個月後便去世了，我聽了十分難過，建議他來住一段時間，我可帶他到一些名勝古蹟散散心，他說他要去台灣辦點私事，回來再與我連絡。一個月後他從台灣回來打電話給我，他說他目前還不能到我這兒來，因為北京的事還沒辦完。

大約又過了半年，一直沒有世敏消息，有一陣子每天心裡發慌，老是覺得有什麼事發生，於是我撥了一個電話到世敏家，接電話的是他的兒子，我問他你爸爸在家嗎？他操著生硬的國話告訴我：「他走了」，我以為他出門辦事，便問他：「什麼時候回來」，他回答說：「他不回來」，我又以為他出遠門，不是去北京便是去了拉斯維卡，因為他曾邀請我有空去那裡玩，他買了一層公寓，所以我又問他你父親是去北京還是別的地方？這時他才說：「他去世了」，我聽了一陣發暈，過了好一陣子才醒過來問他父親何時去世的，他說四天前，掛了電話我感到一片茫然，望望後院，在那棵柳樹的樹蔭下，我們曾經一起打太極拳，這時眼淚也隨著流了下來。

老友欣賢

我在台北育達商職任教時，認識了一位風度翩翩的同事余欣賢由於他為人很穩重，年齡相同並且又很談得來，便成了好朋友，他的身世非常可憐，母親懷他時父親因病過世，在他出生時母親遇到難產流血過多而亡，他便由大舅收養，後來大舅也有了許多自己的孩子，他便寄住在四舅家裡，四舅是位飛行員對他非常照料，不幸有次出差由於天氣太壞，飛機撞山而喪命，在他小小心靈上受到無限打擊，半年多不講話也失去了孩子們貫有的天真與笑容，他的二舅是位單身與他的外婆住在一起便把他接回家，二舅及外婆對他非常好，慢慢的醫好了內心的創傷，大學畢業後他便在女師附小教書，又在育達商職兼課，暫時住在學校宿舍，不久又搬回與二舅與外婆家，因為這個家才能帶給他無限的溫暖。

欣賢是東吳大學經濟系畢業，不久他便考進了台北市華僑銀行工作，由於他工作認真很受上司器重，待遇也較前也好了許多。幾乎每個週末我、欣賢及我的大妹和大妹的朋友洪正琳都去郊外旅遊，陽明山、墾丁公園都留下我們的足跡，這是一段非常美好的時光。所謂人與人相處久而生情，欣賢正琳彼此之間都產生了一些愛意，但是正琳那時非常矛盾，一是她正預備出國再者未婚夫在美國等她，她曾經對他海誓山盟如今卻又愛上另一個男人，是留在台灣還是去美國一直在他心中掙扎，幾經考慮她認為自己不能推翻曾經發過的誓言而去了美國。就在此時欣賢的一位姓嚴的女同事對他產生好感並展開攻勢，欣賢似乎在矛盾中，雖與這位女同事有過多次幽會但是不很認真，我出國以後，幾乎每月我們都有書信來往，一年要在彼此生日及農曆新年總要通上幾次電話，五十多年來從未斷過。

留學生在國外的生活是非常的枯燥，也頗寂寞，於是我想到欣賢也是卅出頭的人了，應該建立一個快樂的家庭，於是我寫信給他說一個男人能被一個女人死心塌地的愛是多麼幸福，只要你不討厭對方，對方也沒有太大缺點，也就不要辜負人家一片痴情，欣賢很聽我的勸道，一個半月後，他們訂了婚，半年後他們結婚了，他的新太太非常感謝我，並寫了一封信給我，說我是唯一能影響欣賢的好朋友。我知道他的新夫人在工作上非常能幹，但希望她能治家，是位賢內助。

一九八二年他們夫妻倆帶著十一歲的兒子來我家玩了一個禮拜，除了帶他們在蒙特爾城名勝之地遊玩外，也駕車逛了整個西島，哈弟及陳靜浩還陪欣賢在聖勞倫士河釣魚，他自稱這是他一生最快樂的時光。晚上通常有牌局，四圈麻將，也請他們到中、西著名餐廳吃飯，這位余太太喜歡吃海鮮，帝王蟹竟吃了三大盤。夫妻倆表面上還很和睦，有時這位余太太很會撒嬌，欣賢常常帶著教訓的口氣責備她，記得有一晚搓麻將我一家大贏，她不服氣撒嬌的說：「熊家基你得請客」，說完欣賢瞪了他一眼說「熊家基不是每天都在請我們，妳還要怎麼樣？」於是她啞口無言。

有天余太太拖了內人敏文在她房間關了門訴苦，內人告訴我，余太太說自結了婚以後，她就接了她隻身的母親與他們同住，可是欣賢對她母親態度很不好，常以熊伯母多麼高貴、多能幹來鄙視她的母親，令她難過萬分，而她希望有機會叫我去勸勸欣賢，我聽了之後覺得很奇怪，認為欣賢不是這麼樣的人。於是我就問住在台灣的大妹到底是怎麼回事？

據大妹告訴我，余太太的母親不是她的生母，她是從小被抱來養的，但她對老太太像對生母一樣孝順，可是這位老太太與家母完全兩型人物，平常衣著不整，又不會做家事，家中有時很亂也不知道幫忙整理一下，因此欣賢下班回來看了很生氣，加之這位余太太常常貪小失大，不久在報上看到有建築商在澳洲建大公寓，地段好將來會增值數倍，余太太看了心動，背了丈夫在銀行取了八十五萬做為買房訂金，可是過了半年卻毫無音訊，於是她請律師去調查，才知道上了當是個騙局，這事讓欣賢知道了而對這對母女更增加歧見，我聽了之後覺得家家有本難念的經，這種家事誰又管得了。

時光過得很快轉瞬十年過去，有天接到大妹來信，她告訴我欣賢夫婦在一月份去美國德州看望年邁的大舅，在停留期間，夫妻倆因某事爭吵起來，欣賢一氣跑了出去沒穿外套受了涼，回來就病倒，人也站不起來，送到醫院做全身檢查，發現是一種稀有的毒素侵入身體，在美國目前只有三個如此的病例，在美國看病沒有保險一天要一萬美元，於是馬上搭機返台，送往台大醫院急診室，醫生檢查了全身，發現毒素已侵入脊柱，假如到腦部就過去了，醫生告訴余太太還是準備後事好了，余太太聽了豪淘大哭，跪在醫生面前抱著醫生小腿喊著：「醫生呀！你要救救他，你要救救他！」，這位醫生深受感動，他扶起余太太並告訴她他會盡百分之百的力量去救他，在醫院住了近兩個月，日夜由余太太及大妹輪流照顧他，欣賢命是救回來了，但是一隻眼睛瞎了，腳沒有力氣走路有點跛，好在毒素跑到眼睛就沒有往上爬，否則到大腦就無法救了。

大約是一九九五年，中興大學請我去講學一週，一到台北我就去看他，他那時情況還不太壞，雖然走路有點跛要用拐杖，精神及談吐都很好，他邀請我到他們淡水家裡午餐，這淡水家裡只有他們兩人住，台北的房子則留給岳母住，他告訴我他的脊椎因受毒素破壞所以有一隻腿不太能彎曲，所以必須靠拐杖來支持，醫生說沒有辦法復原，以後情況會愈來愈退化，如果有適當的運動與保養，那麼退化將較慢，他現在正在請一位氣功師父治療，希望能有進步。

二〇〇〇年六月我從 McGill 大學退休，不久接到岳父在台去世的消息，敏文由於身體的關係不能遠行，於是我帶了大兒子平平返台參加喪禮，到台之後我又抽空去探欣賢，那時他們已搬回台北市中心，欣賢多半時間躺在床上，偶爾可以坐在輪椅上一小時，除了余太太又請了一位從印尼來的年輕女子照顧他，他告訴我脊柱的脊髓已經幾乎乾絕，因此大半時間要躺在床上，好在這位從印尼來的女士每天替他按摩、擦身，照顧十分週全，欣賢太客氣一定要請我去餐館吃飯，結果由我們好幾人把他抬進計程車，我們分坐兩輛車到餐館，在車上我想起過去他那英俊瀟灑的樣子及現在半殘廢的模樣，不禁哭了起來。

此後每年他的生日及農曆新年我們都電話，我的生日他也從未問斷打電話給我祝賀，他的聲音很宏量，腦筋也很清楚加之毅力也十分強，也經常問起我在加拿大的弟妹情況如何。

兩年前與在台灣的大妹通電話，他告訴我欣賢情況越來越壞，現要廿四小時躺在床上，不能坐，余太太由於精神壓力太大已搬出去住了，家裡又請來一位女士，這位女士也是來自印尼與原來請的女子是姑嫂，他們輪流廿四小時照顧他。前年與欣賢通電話我發現他的言詞已沒有往日那麼清楚，去年他生日通電話時更糟，他告訴我他有了大舌頭，常常講話時力不從心，我看他那般辛苦就沒有與他多講。

二〇二三的農曆新年我照慣例如撥個電話給他，通常是那兩位幫忙的女士先接受再交給欣賢，奇怪的是先後撥了兩次電話都沒人接，次日再打電話還是沒人接，頓時我感到緊張，怕是有什麼意外發生，於是我問正在泰國度假的大妹有無余的消息，她回答沒有，不過她有那位幫忙女士的手機號碼，他會試試，第二天她告訴我接不通，不過他會託他的小兒與欣賢的兒子小海連絡再告訴我，她又對我說近來欣賢已到四肢全部癱瘓階段，只有頭部略略會動，我們需要有心理準備。我一夜難眠，次日大妹告訴我，她的小兒已接通了電話，他一切如舊，只是一講電話就頭部發暈，因此一般電話都不接，雖然我放下了一顆心，但是想到他那常年像植物人般的躺在那裡，是多麼痛苦，頓時我心中有說不出的難過。

楊教授

大約在四十年前，在我們學校系裡從中國大陸來了一位修博士學位的金小姐，半年後她得到機會去台灣一遊，順便見見在台灣做昆蟲研究的學者，她在那兒呆了將近一個月，返回加拿大後她告訴我，台灣的朋友真熱情，我問她他們的學術水平如何？她說因為節目多，呆的時間不長，所以瞭解不深，但是她跟幾位年輕的昆蟲學者交談，發現他們非常積極，走的研究方向是對的，尤其是中興大學的楊正澤副教授，充滿活力，幹勁十足，是台灣昆蟲分類後起之秀。

一九九一年我去北京參加世界昆蟲大會，在那兒我們碰面了，他給人的印象是年輕有為，待人誠懇，健談，未語先笑，我們聊了三個小時，他對台灣地區的昆蟲分佈及鑑定有很大期望，並盼以後有合作機會。大概在五年以後，我接到他的來信，信中告訴我：他已工作七年，有一年的進修假期，他想到我這兒來做研究，並請我安排一切。我安排他在學校宿舍住，並在昆蟲館有一辦公室，每個週末我和二姐夫夫婦邀請他一同在農夫市場吃早餐，聊天，往往不到下午四、五點不散，他給人的印象是和藹可親。他與昆蟲館的研究生相處很好，經常幫他們做田間工作及採取標本，並傳達自己在這方面的經驗，學生們都很喜歡他。大概他來了不到三個月，有一天我跟他到二樓書店買原子筆，剛上到二樓，行政部的三、四位女職員都跑了出來，對他大喊：「楊博士：你好嗎？」，「工作順利嗎？」，真使我驚奇萬分，我在這呆了十幾年，從來沒有一個女士跑出來跟我打過招呼。

大概是七月份，他的夫人帶著兩個女兒來此度假，楊太太是台大森林系碩士，為人非常賢慧，在台灣植物保護中心工作，下了班又去作義工，在電台主持「張老師的教室」，幫助那些心理創傷人士重獲新生，楊教授並帶著他們在加拿大作了一些短期旅遊，楊教授在那年十月才返台灣，在那期間我們共同發表了一篇「竹節蟲」的文獻。

他回去不久，安排我回到母校中興大學農學院作一週的講學，我先後作了兩次講座，一次是講博物館之系統及管理法，另一次是講生物製圖，楊教授安排我住在一家旅舍，每天接送，並招待三餐。在這期間也遇到過去的老同學楊仲圖（楊教授學生時代的指導老師），巫蓉華同學以及過去的師長江瑞湖，承蒙他們熱情招待並贈送禮物。

公元二千年我退休下來，但是每週仍去昆蟲博物館兩到三次繼續做昆蟲分類研究，大約過了兩、三年，他又來信說：他已升為正教授，七年的進修假期又到了，他讀到我做學生時代的指導教授 Dr.McE. Kevan 的昆蟲文獻，Dr. Kevan 以解剖蝗蟲生殖器做分類，故他想來昆蟲博物館學這方面技術並提議以此技術與我合作：做「非洲飛蝗世界分佈及分類」，因為此次他僅能呆四個月，這個題目太大，害得我每日到博物館工作七小時。

在此期間因為學校宿舍沒空，我在我家到學校之間的小旅館訂了一間房，內有一小電爐及冰箱，可以燒些簡單的食物，我去學校中途可以載他去學校。楊教授本身是做蟋蟀研究，因此經常在各地採蟋蟀標本，有一天深更半夜，他聽到旅館附近有一住家花園中傳來蟋蟀的呻吟，因此他帶了手電筒跑到人家花園去捕捉蟋蟀，就在此時他聽到背後有人叫道：「你在做什麼？」，他嚇了一跳，回頭一看是一位身穿制服帶槍的女警察，於是楊教授笑笑對他介紹自己是來自台灣的大學教授，現在在瑪吉兒大學農學院昆蟲博物館做短期昆蟲研究，他聽到蟋蟀聲故跑來捕捉，女警察看他臉上帶有很真誠微笑，不像壞人，便勸告他說：這是人家私人住家土地，不得到人家允許是不能進來的，楊教授連說對不起，那女警察也對他笑笑離開了。第二天他告訴了我這件事，我對他說：太危險了，如果這家主人發現半夜有人在他花園，照法律允許他可以開槍，他說他不知道還以為是公地。

有個週末他在旅館附近的小鎮遊逛，看到一個廣場，旁邊有幾棵大樹，他想這不可能是私人花園，於是他放了幾個誘蟲器在樹上，預備晚上來看看有沒有抓到螽斯科昆蟲，於是那天半夜他拿了手電筒，跑到廣場大樹下去取誘蟲器，這時又聽到有人叫道：「你在做什麼？」，他回頭看看又是那位女警察，那位女警察笑笑對他說：「怎麼又是你，這地方雖不是私人園地，但是是屬於聖誕小學操場，雖然現在學校無人，但還是小心一點好」。

過了不久我邀請他來我家便飯，也請了二姐夫婦，因為順路。飯後我請二姐夫送他回旅舍，這位二姐夫是開快車出名，又無耐心，常常在路口該停不停，也不知吃了多少罰單，這天他又開快車，一連幾個路口未停，忽然聽到乎乎警鈴在響，二姐夫望望鏡子一輛黑色警車隨後追來，心想糟了又是百元大鈔罰單，他在旅舍門前停了下來，是位女警察過來向車裡望望，看到楊教授對她笑笑，那位女警對他招招手，回頭上了警車離開了，二姐夫弄得丈二和尚摸不到頭腦，後來才知道楊教授已成了那位女警察的老朋友。

十月份楊教授期滿預備返回台灣，為了感謝昆蟲博物館對他之照應，他請博物館之主任德瑞教授，館長布夏女士及我在附近一家中餐館午餐，他說了幾句感謝的話，並說七年後在他退休之前再來，我笑笑對他說七年後不知道我們還在不在，他笑笑說有這麼悲傷嗎？想不到我這句話成了咒語，次年德瑞教授因腦瘤過世，第二年內人因腦溢血走了。

楊教授回去後非常忙碌，收了許多來自錫蘭、尼泊耳及阿富汗之研究生，又經常去德國等地方昆蟲機構查標本，在台灣又是中興大學校友會興及許多社團之負責人，忙得不亦樂乎，但是過年、過節他說是打電話給我問好，是一位非常戀舊的人。

去年他退休了，似乎感觸很深，學校叫他交還了辦公室，頓時他成了學校的陌生人，政府有意要把學校遷往台中中興新村，並資助兩百萬建立一個昆蟲博物館，他是這方面資歷最深的人，竟然沒有一人來請教他，而由一般缺乏這方面經驗的人在那摸索，他在電活中好幾次深談及此事十分失望，我勸他退休後好好休息，任何地方都是一朝天子一朝臣，何況他已退休了。楊教授停不下來，不久每週去台北植物園兩次主持科學講座，又組織田間教室教導兒童昆蟲方面知識。不久前他又打電話給我說：雖然他很想來加拿大探望我們，但是尼泊耳某大學請他去講學，並幫助他們計劃建立一個昆蟲標本館，接著又要去錫蘭講學，只有等以後再說了。聽了他的話，使我感到他真是一位活到老幹到老的好老師。

洛杉磯之行

十多年前大兒子拿到印弟安那大學的 M.B.A. 學位後，申請到洛杉磯一家電子公司來做實習，內人敏文及我準備一起去替他安頓住的地方，同時我想起在高中的最好朋友王友遂及在大學時期同班同學鄒翠仙及一起登台唱平劇的同學鍾維娜，他們也住在洛杉磯，希望有時間與他們見見面。到洛杉磯後我們安頓好兒子住的地方，於是撥了一個電話給鍾維娜，她約我們次日中午到一家餐廳午餐，當我們到達時她已站在餐廳門口等我們，她依舊像往日那般熱情叫了一桌子菜，她告訴我們她已退休休，但是工作的醫院因為缺人現在又把她招回來工作，吃完飯她又匆匆忙忙趕回醫院去工作。次日傍晚我打電話給王友遂，他們夫妻倆馬上駕車來看我們，並約我們次日去一家餐館晚餐，那時我們有四十多年沒見，友遂除了胖一點變化不大，記得我們十七、八歲在一起讀書時，他是我們群中的一位小帥哥，幾乎每個週末我們幾個玩得來的朋友都聚在一起，他的內人儀端我們是第一次見面，她是我們見到最聰明及最用功的一位女士，據友遂說她從小學到大學每學期在班上考第一名，她借給我好幾本書，書中常見到她用紅筆釣的重點及注解，同時她對書法很有研究，後來才知道鍾維娜是她書法啟蒙老師。

大兒子實習完後很幸運的被公司留下工作，並在離海邊租了層公寓，於是我們每半年會來洛杉磯一次，這時也聯絡上大學同學鄒翠仙，她也是我的同鄉湖北人，她的先生是她大學系裡助教，山東人很豪爽，整天嘻嘻哈哈，有一次他們夫妻載了另外一位同班同學李賽熙來兒子家看我及內人，我們東西南北聊了許多往事，中午翠仙夫婦請我們到一家日本餐廳午餐，自次後我們總是會與王友遂夫婦和翠仙夫婦會會面吃個飯。

有一次我打電給王友遂約他夫婦吃晚飯，他說我能不能帶位客人來，我告訴他沒有問題，到達餐館後才知道是我初中同學林友梧，他是我們班上第一名，人極聰明，在陶藝及書法上很有成就，過了幾天林友梧打電話給我，他要請我吃飯並約了許多我認識的朋友，但是他沒告訴我他們是誰？那天晚上與友遂夫婦到達餐館，才知道這些朋友都是我幾十年未見的初中同學，他們是詹祖樵夫婦，林卓祺夫婦及鮑樹桓夫婦，更巧的是每對夫婦不是先生是藝術家便是太太是藝術家。我們談了許多在初中時代有趣的事及人物。

有一年在台中國立中興大學任教的楊教授打電話給我，他在電話中說有位現居在洛杉磯的黃博文先生在尋找你的下落，並告訴了我他的電話號碼，真想不到失去連絡五十多年的高中老同學竟然在洛杉磯。博文是台灣高雄市人，十多歲時母親過世，父親又娶了一位繼母，繼母為人十分狠毒，兩年後替他父親生了兩個兒子而視博文為眼中釘，加之他的父親為人老實怕老婆，在他十七歲那年繼母把他趕了出去，於是他離開高雄到台北來打天下，在台北車站流浪了兩天，有位收票員很同情他，建議他在車站內擺個小攤位替人擦皮鞋，有天來了一位紳士派的中年人請他擦皮鞋，那位中年人見他有幾分讀書人氣質，又看到他鞋盒旁邊堆了一些高中化學、數學課本，於是好奇的問了他的家世，博文簡略的告訴他一些，並說自己正在準備考中學插班生，想不到這位紳士竟是台北建國中學的賀校長，他建議博文來考建中夜校插班生，如考取他可以介紹他白天替學生看管自行車，多少有點收入，晚上可睡在儲藏室隔壁的小辦公室，並可在教職員餐廳吃飯，博文喜出望外，加倍用功終於考取了而解決生活臨時的困難。博文數理不錯，人很老實忠厚，不久我們也成了好朋友，轉瞬暑期來臨，他告訴我學校在暑期整個關了，他也不能再住在學校，為此事很焦慮，我把這情況告訴了母親，母親不加考慮的說他可搬到我們家住，母親在飯廳角落上放了一張床，此後每個寒暑假他都來我家住，高中畢業後他考入台北工專，大半時間也住在我家，母親待他如自己的孩子，這位從小失去母愛的年輕人使拜了母親做乾媽。

在博文畢業後找到一家電氣公司工作，我出國不久他認識了一位台北籍小姐，半年後他們結了婚，他這位太太是位女強人，幫丈夫成立了一個私人公司，也賺了不少錢，有洋房、汽車，博文飲水思源，母親有遠方客人來訪，都由他開車帶他們遊覽，招待。但是好景不長，這位雄心勃勃的太太勸丈夫投資買大批股票，不料沒有看準，全部財產落空，博文為人老實又想不出其它賺錢方法，太太開始輕視他而要求離婚，太太帶了兩個孩子移民美國，博文因公司欠債累累拖了一陣子也偷渡到美國，從此與我們失去多年連絡。

於是我撥了一個電話給他，他的聲音未變，在電話中他問起母親，我告訴他母親已去世多年，小妹娃娃也在五年前過世，他沉默了一陣帶著哽咽的聲音對我說能不能寄一張母親及娃妹的照片給他，他並告訴了我他目前住在洛杉磯靠北的一所養老院。

次年到洛杉磯大兒子駕車帶我與內人去看他，當我們快到達他的公寓時，見到一位禿頭身體臃腫的老頭在門口徘徊，我想該不會是他吧?在我們停了車出來，他走過來向我們打招呼才知道是他，他帶我們去到二樓他的住所，他有一房一廳及一間廚房，並且政府還派來一位女士每天四小時來打掃房間，洗衣等工作，他說他每天在老人公共食堂用餐，只要付三元五毛錢，並且可以選擇西班牙餐或日本餐等，他似乎對他目前生活十分滿意，我問他有沒有收到我寄給他的照片，他從口袋裡掏出皮夾，打開給我看母親的照片夾在裡面。坐了一陣子他請我們去一家中國餐廳午餐，我這才發現他夾菜時手抖得厲害，想必是得了柏金森病怪不得政府送來一位助理人員來招應他。

之後我們每年到洛杉磯都去看他，一同吃個午餐，四年前內人去世，接著疫情漫延，我們暫時沒有連絡，去年我再去洛杉磯打電話沒人接，去 email 沒回應，大兒子找到公寓管理員，他說他已搬走，問他搬到何處，他說這是個人機密不能相告，後來繼續寫信、打電話都無回應，想來他可能病重或離開了我們。

今天去洛杉磯前接到女同學鄒翠仙來信告訴李賽熙同學在紐約因癌症去世，到洛杉磯後去看老友王友遂他告訴我四年前一同聚餐的初中校友林卓祺及友梧都在一兩年內相繼去世，聽了之後真使我感觸萬分，僅僅四年時光內人及往日幾位老友都離我們而去，或許這就是人生，金錢、名聲想想都是空的，在有生之年我們應該保持健康享受每一刻鐘的寶貝時光。

第四章

戀史

晚風

一九六五年我得到瑪吉兒大學獎學金到加拿大來讀研究院，那時來的目的是希望拿到學位之後能找到一份理想的工作，就可以幫助母親減少對家庭負擔，自從父親去世後，十多年來全靠母親辛苦工作養育我們這六個孩子，實在是太不容易，常常見到母親為了替我們湊學費而發愁。

國外的生活是非常單調，課程的繁重，語言上的困難，每天除了上課、就是啃書，加之人地生疏，沒有任何娛樂，精神上除了壓力也感到空虛。

費麗斯汀是比我早來系裡一個月修博士的女學生，她的美麗被公認為古典美人，她不但漂亮人也和藹，我們一起共同修三門課，教授上課我經常有困難記筆記，她卻毫不猶豫的把筆記本借給我，那時系裡有位技術員對她展開猛烈追求。大概過了半年，我正在埋頭在顯微鏡下做昆蟲解剖，費麗斯汀忽然走來喊道：「喬治：我來替你介紹這是我的妹妹安吉娜，她是來修博士學位的」我抬頭一看，只見她帶來一位身材修長的少女，她那紫藍色的眼睛，迷人的微笑，幾乎使我喘不過氣來，自那時候起腦海裡經常出現她的影子。

不久在學校走廊上看到「歡迎新生舞會」廣告，我看到非常興奮，一來我喜歡跳舞，再者這是一個接近安吉娜的機會，於是我鼓起勇氣去約安吉娜，想不到她一口就答應了，那天晚上我穿上了台灣帶來的新西裝，花領帶，安吉娜穿了一身藍色連身裙，到達會場想不到北美學生穿著那麼隨便，牛仔褲，短衫。我們隨著音樂跳了許多舞，有一個很愉快的晚上。

從此以後我經常約了她在校園或附近風景區照相，週末到鎮上飲咖啡，我發現安吉娜雖然五官比不上她姐姐，但是她給人的印象是有種難以形容的藝術感，非常迷人，我已感覺到自己已沉入愛河。

我寄了許多她的照片給在台灣的母親及弟妹，他們的回信除了讚揚她的美麗外，並一再強調說交外國女孩子是很危險的事，一是風俗習慣，文化背景不一樣，再者外國人感情不能持久說變就變，那麼打擊就太了，所以西方人離婚例子太多，不久五表姐也來了一封長信，內容也是勸我千萬不能交外國女朋友，並且舉了一大堆中國人娶西方太太離婚的例子。

讀了她們的信後，我想到我是家中長子，來國外求學的目的是將來可以供養老母，幫助弟妹完成學業，假如有一天我真娶了她，她能接受我的老母在一起住嗎？

有一天我們在聊天，於是我問安吉娜：「妳認為一個做兒女的是否在他父母年邁時可以住在一起」，她卻不加思索的告訴我，那是不可以的，因為老年人與年輕人在思想上有代溝，住在一起會引起許多家庭的糾紛，聽了她的話，心中像被潑了一桶冰水，感到十分失望。

那時正值期終考試時期，指導教授替我選了五門想當重課程，尤其是迪柏教授的課，他的作風往往是給一半學生通過另一半淘汰，系裡學生都怕修他的課。早我幾年來系裡修博士學位程顯華對我非常照顧，有天他到我實驗室對我說：「喬治我看你最近心不在焉，考試快到了，尤其是迪柏的課，兩年前你們學校的陳助教來此選了這門課不及格被勒令退學，走時哭得傷心，你得趕快加油」。聽了他的話之後我的心裡開始有點緊張，假如這門課不及格而遭退學，我連回台灣的旅費都沒有，又怎麼向母親交代。

好在迪柏教授的課考試還有一個月，於是我決定把自己日夜關進圖書館，任何人不見包括安吉娜，每日在圖書館啃書，圖書館關了又回到實驗繼續苦讀，回到家往往是深更半夜。

考試那天終於來臨，同班的費麗斯汀特殊跑到我的位置這邊來對我說：「安吉娜叫我傳達祝你好運」我對她笑笑說謝謝，那時雖然心中緊張但也很高興因為我又可以去見一個月沒見面之安吉娜。

考完後我回到實驗室把下週要交給指導教授的研究報告趕完，心中計劃週末約安吉娜去中國城吃飯，然後去逛皇家公園，走出實驗室已是午夜十二點，校園靜靜的不見人影，忽然從學校大門走進來一對男女摟得很緊十分親蜜，在他們經過路燈下我仔細一看那不是安吉娜和一位年輕的男士嗎，她似乎也見到我馬上低了頭擦身而過，頓時我感到好像被別人在我頭上用棒子重重一擊，我不敢相信那是事實，回到住處，我坐在寫字枱上想了又想，頓時心中一陣難過，我伏在桌上哭了起來。

過了兩天在學校走廊上遇見安吉娜，她勉強對我笑笑，我走上前對她說：「安吉娜我曾經答應妳帶妳去中國城及皇家公園，這個週末妳有空嗎？」她略為楞了一下說：「明天我再告訴你好嗎？」，我點點頭說好。

次日下午她到我實驗室來對我說：「喬治週六你大概幾點鐘出發？」，我對她說我們搭四點鐘巴士，在中國城吃了晚飯就去逛皇家公園，她點點頭離開了。週六我們到了中國城在新雅飯店我點了兩個菜，安吉娜變得很沉默，好像心事重重，食不下嚥，於是我對她說那天晚上我看到她跟別的男士在一起十分難過，她微微低下頭說那晚她也難過的一夜難眠，於是我問她他叫什麼名字是那一系的？她說他叫但尼，是畜牧系四年級生，他們認識已經有三週了，我又問她妳是不是在想他，你愛他嗎？她點點頭，於是我們沉默了好一陣子，我壓住自己的情緒對她說：「安吉娜妳能找到妳心中真正愛的人，我也替妳高興」，她聽了我的話像放下千斤重石，笑著對我說：「喬治真的嗎？」，我點點頭，她開心的笑了，胃口也好了起來。

吃完飯我們接著去逛皇家公園，回到聖安小鎮已十點多鐘，我送她到女生宿舍門口，然後握著她的手對她說：「安吉娜這是我們最後一次的約會，我祝福妳與但尼在一起幸福、快樂！」，她笑笑對我說「喬治謝謝你帶給我許多快樂的時光」，說完後便轉頭進了宿舍。

大約兩個月後，他們在聖安的一所教堂舉行了婚禮，我也參加了他們婚禮，半年後他們倆都完成了學業，便回紐西蘭去了，就一直沒有他們的消息。

十六年後的一天，我吃過午餐在校園散步碰到系裡同事彼爾，他告訴我他早聽說十多年前系裡有一對漂亮來自紐西蘭的姐妹花，今天看見了那位叫安吉娜的妹妹，真是長得很有格調，我問彼爾你在那兒見到她，他說她在系裡休息室整理幻燈片，要給系裡研究生作一水生昆蟲研究報告，我趕緊跑去休息室，這時裡面已擠滿了學生及幾位教授，她見了我笑笑的向我招招手，我驚訝歲月沒有在她身上留下痕跡，她依然是那麼窈窕，紫藍迷人的眼睛，可親的笑容。

她講完報告後學生紛紛提出問題，她一一很清楚的回答了他們，在人們離去時已近下午四點鐘了，我上前幫助安吉娜收拾東西，她對我說怎麼今天沒有見到克文教授，我告訴她克文教授已退休多年，但是還是每天來學校做昆蟲研究，只是不參加系裡活動，他在昆蟲博物館有一辦公室，她說能不能帶她去見他，我點點頭說可以，多年不見克文教授與安吉娜聊了許多，走出辦公室，我又帶她參觀了一陣博物館的新設備，便到我辦公室坐了一會，我便問她怎麼但尼沒有一起來，她沉思一下說我們在十年前就離婚了，目前她又結了婚，先生是密其根大學教授，所以她現在住在美國，我啊了一聲，接著問她妳有孩子嗎？她回答說她跟但尼生了一個男孩，今年已經十四歲了，跟他爸爸住在紐西蘭，於是她問我有幾個孩子，我告訴她有一六歲的男孩，她笑笑說很好，這時她看看手錶說她要走了，我問她住在那裡，她說她住在城裡女皇大旅館，問我回蒙特爾城裡的巴士站在那裡，我告訴她就在學校側門過馬路靠湖邊，我可以帶她去，於是我問她今天她是什麼時候來學校的，她說大概上午十一時，來了就整理研究報告資料，忙得中飯也沒吃，我說那妳一定很餓，這樣好了皇后大旅社就在中國城附近，我可以陪妳去城裡到中國城吃了晚餐再回旅館，她聽了高興的跳了起來說那太好了。

到了巴士站也有七、八個學生在那等車，等了一會，湖面吹來一陣晚風，我突然想起三年前愛妻陪我在湖邊寫生，天氣變陰，刮來一陣涼風，差點把我的畫板吹到湖裡，接著又想到去年陪小兒在湖邊釣魚，他釣到一條小魚高興的又碰又跳，心中頓時感到一絲愧疚，這時公車已從左方徐徐開來，我轉過身來握著安吉娜的手說：「安吉娜我很抱歉，我想我還是不去的好」，她向我點了下頭說：「喬治我很瞭解」，接著她對我笑笑說再見跳上了公車，我凝視著公車的離去，遂漸的在視線中消失了蹤影。四十年又過去了，我就再沒有見過安吉娜，也沒有她的消息。

老伴敏文

一九六七年的七月我還在瑪吉爾大學農學院做研究生，在我坐位的左邊是威克瑞教授的辦公室，系主任莫瑞生及多半教授都出外度假，他則留在校中暫代系主任職務。有天早晨系主任的胖女秘書皮爾遜夫人氣喘喘的從一樓爬上三樓，在半途中便叫道「威克瑞博士，王小姐已從台灣到飛機場了，你能去接她嗎？」，威克瑞教授走出辦公室對她說：「好的我馬上就去」。我聽了非常興奮，這兩年來生活也夠寂寞，校園中也有幾位來自台灣的女同學在此修博士學位，但是都比我大上四、五歲，去年來了一位劉小姐，雖祇有二十三、四歲，那知讀了半年便去了美國。於是我看看手錶，計算去飛機場來回大概要一個鐘頭左右，因此我決定留在實驗室不馬上回去吃午餐，那知威克瑞教授去了一個半小時也沒動靜，於是我決定出去看看，當我走到樓梯口，只見威克瑞教授帶著一位非常清秀的女孩子，走了上來，當威克瑞教授見到我說：「太好了這位王小姐也是從台灣來，你能帶她看看學校環境嗎？」我對他說「好的，我正有空」。在學校轉了半圈，她看來很累，我問她吃午餐沒有？她搖搖頭，我說這樣好了，我們先到鎮上午餐，然後帶妳去銀行開一戶頭，走了一半她抱怨說怎麼這麼遠，我心想真是未出過門的大小姐，後來想想或許她旅途勞累。

在餐館她祇叫了一碗蔬菜湯，她說旅途太勞累吃不下，我問她妳的行李在那裡？她說剛才那位工友在飛機場接了她就一路提到女生宿舍，我驚訝的對她說那人不是工友是威克瑞教授，她感到尷尬的說道：「我看他穿著那麼隨便，所以誤會了」，我跟他說這兒教授很少穿西裝打領帶的，她哦了一聲，似乎明白了。在銀行辦完手續，我送她到宿舍並告訴她五點半鐘我來帶她去餐廳晚餐，到了下午五點半我去宿舍找她，有位來自非洲的女學生開了門，我請她去叫王小姐下來，過了一會她回來說她不在房間敲了許久沒有回應，我跟她說不可能因為她今天才到，決不會出去，於是她又去了一回回來說還是沒有回應，我說可能出事了，能否開門進去看看，她說管理宿舍舍監不在，她再去試試，過了好一陣子，終於看見她睡眼惺忪的跟著那位非州學生從樓上下來，我一時呆住了，我還未見過這麼會睡的人。

次日是週末我約她到學校森林公園去看風景，她那天穿一套白色洋裝，半高跟鞋，打扮的像是去選美一樣，我心中好笑，因為北美的學生郊遊穿著多半是球鞋及牛仔褲，那天我們走了許多路，出乎意料她一點沒有抱怨，中途遇見學校裡的費雪夫婦，費夫上前對她說：「美景中的美人」，她高興的笑了一笑。穿過森林，竟來到一個湖邊，那兒有一大廈十分壯觀，前面一片綠色草地，藍天白雲，柳樹成蔭，宛如世外桃源，有一群年輕人在那兒踢足球，我想這麼大的房子一定是當地政府的圖書館或是文化活動中心，於是我建議到湖邊照幾張照片，剛拍了兩三張一位年約十八、九歲的年輕人跑過來對我們說：「請你們離開，這是我們家的園地」，我哦了一聲說：「對不起，我以為這是圖書館」，年輕人笑著說：「是我的家」，離開後我一直不敢相信世界上有這麼有錢的人。

週日我約她去逛世界博覽會，她學聰明了穿了一雙平底皮鞋，逛了幾個展覽館，我們坐在橋邊休息，我對她說妳們女生宿舍樓梯旁的那盆杜鵑花開很真茂盛好美，她好奇的看看我說她從來沒有看見樓梯旁放有一盆花，我簡直不敢相信她每天進進出出，上下樓梯竟然看不見那盆花，豈不是一個不懂欣賞大自然花草的書呆子。我又問她在台灣她玩過那些地方？她說除了陽明山她那兒也沒有去過，我好奇的問她：「妳的畢業旅行呢？」，她回答說班上同學決定去環島旅行，母親不準她去，怕出事情，萬一翻車或者掉到水裡去可怎麼辦，我又問她平日在家有什麼嗜好？她說母親不要我們孩子們做任何家事，只有複習功課，家中也從來沒有客人，母親怕來了客人打擾我們做功課時間，我當時在想多麼保守的家庭，與我家裡情況恰成反比，母親給孩子們充分自由，由於好客，家中經常有朋友來，尤其是吃晚飯時候，總是有幾個窮朋友來敲門，母親也從不特殊加菜，有什麼吃什麼，大有賓至如歸的感覺，所以家中很熱鬧。

那時我與四位來自台灣、香港、馬來西亞的華人同學合租了一幢大房子，在她到此第五天我決定帶他去我住的地方介紹給這些朋友認識，這時剛好有兩位來自台灣的女孩子，一位叫麗莎，一位叫白蒂，這位白蒂竟是敏文同班同學，於是敏文約了他們一起來，那位麗莎生得嬌小玲瓏，很會撒嬌，嘴巴講過不停，同住的小程及老謝立刻被她迷住，相反的敏文看來穩重、高貴，同住的老張對她也產生好感。

學校開學後，這幾位女孩子決定在外租半層樓，一來自由，再者可以自己燒飯，在他們未搬進去住以前必須添置家俱，可是大家經濟有限決定買舊家俱，有位外國朋友介紹我說在小鎮靠橋邊有一收破爛的店，有一大倉庫裡面五花八門什麼東西都有，於是我帶了麗莎及敏文去觀察一下，這間大倉庫東西擠得滿滿的，舊床、桌椅一大堆，麗莎嘴巴不停的跟我商量那些好，那些不行，冷落了在旁的敏文，出了門，敏文氣沖沖的頭也不回向前直奔，這時麗莎給了我一個眼色叫我追過去，於是我趕快的追了過去，她一直不理我，過了好一陣子嗜著嘴對我說：「你們可真談得高興呢」。

由於老張的試驗室與敏文的試驗室緊靠隔著，因此他經常過去向敏文獻小殷情，一來他年紀較我大好多，再者她認識我在先已比較瞭解，因此對他只是敷衍。有一次我去她試驗室看她，並跟幾位外國同學瞭天，於是我講了一個笑話，那知敏文聽了忽然站起來匆匆走了出去，我追了出去問她為什麼生氣，她說我不喜歡你的髒笑話，她在家裡從來沒有聽過人講笑話，我心裡想多麼保守的家庭。

大約過了一個月我的外國好友湯姆來看我，我介紹了敏文跟她認識，他熱心的一定要帶她和我開車去郊區看風景，那知她一上車就閉上眼睛打瞌睡，一直到回到家中，多年以後我發現她的母親也是如此。經過一陣交往，我覺得雖然我們家庭背景不一樣，性格、興趣也不太相同，但是她為人非常善良、正直，誠實，這是我認識的一般女孩子們所沒有的，於是我決定與她繼續交往下去。

轉瞬聖誕節到了，好友湯姆要車我及另一位個從馬來西亞來的朋友老古去他家過節，他家在安大略省的一個鄉下，房子很大，後面靠湖，風景優美，外國人家就是打掃得乾淨，連一點灰塵都看不到，在那玩了三天才回到學校，見到敏文她第一句話就用英語說：「你真是有一個愉快的聖誕假期」，我這才知道這是她在加拿大的第一個聖誕節，真是疏忽了她，後來她告訴我她每天守在電話旁邊，真盼望我會打電話給她。

有一天敏文興高采烈的告訴我，在她出國之前特別到烹飪學校學做麵食，她要邀請我晚上去品償一下，到達她處她正在煎鍋貼，她並且告訴我她調的餡是白菜、香菇加豬肉，不久她把金黃色的鍋貼放在桌上，叫我不要客氣先嚐嚐，當我咬了一口，硬得牙齒都快咬斷了，我笑笑對她說這鍋貼似乎硬了一點，她驚訝的說怎麼會，於是夾了一個送進口裡，馬上吐了出來很不好意思的對我說：「對不起我忘了是要用溫水和麵，我用了冷水」，我笑笑對她說：「沒關係，我有時我也不記得，這樣吧我們去小鎮大公雞飯店吃烤雞去。」她不好意思的點頭說好，在餐館我們談了許多有趣的事，兩人距離似乎又拉近了。

敏文覺得跟幾位中國女孩住一起，每日講中文，英文很難進步，於是決定搬出來找外國女孩同住，在佈告欄上有兩位家政系的女學生在外租了一層樓徵求一位女室友，敏文打電連絡，看了房子很滿意，兩位室友來自小鄉鎮，人很正派，於是敏文決定搬了進去。

阿里德克及他的夫人白蒂梅是我的好朋友，阿里德克與我同系修博士學位，白蒂梅是位善良而宗教信仰很深的人，過年過節他們通常邀請我及其他年輕人去他們家晚餐，他們特別喜歡吃中國菜因此我有時候也在他們家表演一下廚藝。在他們知道我交了一位女朋友也替我高興，因此那年的聖誕節是在他們家過的，他們也邀請了幾位年輕的朋友，吃完聖誕大餐阿里德克領導大家念一段聖經，到午夜我們準備離去時，外面大雪紛紛，連路都看不清楚，為了避免駕車危險，他們夫婦留我們在他們家過夜，有的睡沙發，有的打地舖。次日窗戶及大門都被雪堵住，幾位男士挖了一個洞鑽了出去，費了兩個小時才把大門的雪剷乾淨，大家這才能回家。

半年下來敏文與兩位室友相處很好，英語大有進步，她的英語發音本來就非常標準只是缺少口頭練習，因此在她與陌生人通電話中，對方往往以為她是加拿大本地人，她也經常糾正我的發音，開始我總覺得有傷我自尊心，久而久之也就誠服了。她的室友一位來自紐芳蘭叫白蒂，一位來自魁北克鄉下叫芥西，芥西成了敏文最好的朋友，不久我們介紹她給剛失戀不久的湯姆，最後成了他的夫人。

經過長時間的相處，我發現敏文性格在逐漸改變，她已接受我這喜歡開玩笑及講笑話的性格，每次我講笑話她總是第一個領先大笑，同時她對大自然也有了反應，她會留戀在花叢之間，我從小是個芭蕾舞迷，剛好那時加拿大國家芭蕾舞團在蒙城演出天鵝湖，我帶了敏文去觀賞，真想不到她比我更著迷，自此以後凡是蒙城有芭蕾舞演出決不放過，甚至同樣的節目會連看三天。

一九七零年我們決定訂婚，訂婚派對上，我們請了好友湯母、芥西，洛第，艾蓓夫婦，中興大學同學鄒翠仙夫婦，及研究所的幾位好朋友，我們忙著做自助餐，敏文穿了一條綠色沙裙，宛如天使下凡，派對一半時我拿出鑽石戒指套在敏文指頭上，這時我覺得自己是多麼幸福的人。

這時蒙特爾的威克陶瑞亞醫院有一研究助理位置的空缺，敏文雖然在寫論文，但因工作機會難得，因此她想先工作慢慢再寫論文，同時也可積蓄一點錢以備未來婚禮之用，很幸運的她得到了這工作，每日不辭辛苦趕火車再換公車去上班，那時我還在學校繼續修博士學位。經過一般商討我們決定次年結婚，次年夏天我正在試驗室做昆蟲分類工作，見到一位個子短小年輕的東方人在試驗室門口東張西望，我好奇的走過去問他找誰，他很禮貌的問我：「先生這兒是寄生蟲系嗎？」，我對他說寄生蟲系在另外一座大樓，他又問我是在左邊還是右邊，因為校園裡有七八棟大樓，我對他說我可以下樓到門口指給他看，他一直謝謝我，並告訴我他叫張仕雄是從香港來的，在一家餐館打工，明年準備進康可堤亞大學讀書，他有一位女朋友叫徐文麗在寄生蟲系讀書，走出大樓，我指給他看左邊第二棟正後方的一座二層樓的小樓房便是寄生蟲系，他又是很有禮貌的道謝並留下他的電話對我說「很難遇到你這麼熱心的人，我可不可以以後再來看你」，我看他十分真誠，便對他說沒有問題。過了一週他又到我的實驗室來並帶來一小袋巧克力豆給我，我們閒談了一陣他便離開了，我覺得這年輕人很有禮貌也很誠懇，很慶幸自己交到了這位新朋友。兩天之後他很愴忙的跑到我試驗室來，頭上流著汗珠對我說：「喬治，你能不幫我一個忙？」我驚訝的望著他說：「有什麼事慢慢講」，他說他有急事要付一筆錢，他父母寄來的錢還未進入他的銀行戶頭，問我能不能先借給他這筆錢，下週一他一定還我，那時我與敏文省吃節用在銀行存了三百多元是準備結婚付酒席的費用，於是我對他說我身上沒帶現金必須去鎮上銀行去取，我問他需要借多少錢，他說三百元，我又加強對他說你一定要還我這是我下月結婚費用，他舉起右手發誓說他決定守信用，於是我到銀行取了三百元，他拿了錢匆匆離開了。敏文下班回來，我把借款的事告訴了她，她楞了一陣眼睛睜得大大的對我說：「天呀！這麼重要的事怎麼不事先跟我商量」，我對她說朋友有難先救急，我那有時間跟妳商量，她搖搖頭就沒有再做聲。週一到了我在實驗室守了一天，他沒有出現，此後一連三天也不見他的影子，我開始慌了，打電話去他家無人接，好不容易有天接通了，對方口音像他，他說是張的室友，並告訴我張仕雄上班去了，我問他餐館電話號碼，他說不知道，於是我在電話簿上找到這家餐館號碼，接電話的人說他已不在那兒工作有兩週了，我焦急的打電話到寄生蟲系找到了他的女朋友徐文麗，於是我告訴她張仕雄借錢的事，她嘆了一口氣說她跟他在一個月前就斷絕關係，他是一個賭徒也是騙子，她已接到許多人的電話要找他還債，我都被弄得要神經崩潰了，請你以後不要再打電話給我，我與他毫無關係，掛了電話，我這才知道自己上了騙局。

大約過了兩天，我到學生活動中心大樓去辦一點事，在經過一樓交誼廳聽到裡面鬧轟轟的喊叫聲，我好奇的走到門口，看見一堆大學生在最裡面角落上聚賭，我仔細一看張仕雄也在裡面，這時他正好抬頭與我面對面打個正照，當我向他走去，他連忙起身急速從旁邊窗戶跳了出去，當我跑到窗口向外望，他已跑得無影無蹤。

我知道這筆錢無法追回，便跟敏文商量，因為請帖早已寄出，餐館了酒席也訂了，大約要四百元，兩人銀行存款加起來也只有一百多元，敏文建議向她在紐約的大姐暫借一下，我說這決不可以，讓妳父母知道會大大失望，於是我向她說我的上司正在度假下週就回來，我會告訴他目前的困境，從他研究費中預支我三個月薪水，敏文也同意。敏文跟我在焦急中等待我的上司回來，忽然接到好友狄克及白蒂梅從菲律賓的來信，信中說接到我們結婚請帖真是有說不出的高興，他們決定把一個月的假期放在八月以便來加參加我們的婚禮，信中並附有一張加幣五百元的支票作為賀禮，我與敏文都傻住了，高興的兩人抱頭哭了起來。

敏文對自已的婚紗及禮服，有非常重視，她買好衣料及請人量好身材尺碼寄到台灣託她母親請人做，不久結婚禮服做好以航空郵寄來，並附帶了一件金紅色長祺袍以備敬客之用。一九七一年八月廿七日那天是我們的結婚大喜日子，一早系裡來自波蘭的女同學瑪格麗娜來替敏文做頭髮，她的母親替敏文及伴娘們做了頭紗，我們是在聖安這小鎮的基督教堂舉行婚禮，女儐相是敏文的大姐及好友芥茜，男儐相是我的知友湯姆及古易球，由於敏文父母不在此，由克文教授牽引敏文出場，那天敏文美得像童話中之公主。婚禮後之婚宴是在中國城之國民大飯店舉行，有十四桌客人，好友王昭孔全家從紐約趕來，Rock Bennet 及 April 從多倫多趕來，酒宴開始時敏文換了她母親給她訂做的紅金色長棋袍，當她入場時客人們都哦的叫了起來。

我們次日便到多倫多一位朋友家住了一夜，然後到尼加拉大瀑布開始一週的蜜月旅行，我們在Victoria路上找到一家Room and Breakfast居住，次日便去看那雄偉的瀑布，那天敏文穿上黃色綴小花的荷蘭式的長裙，長髮披肩，走到一半一位迎面而來的中年婦人攬住了我們對敏文說：「對不起我不得不對妳說，妳太美麗了」，敏文高興的對她笑笑。

結婚之後敏文繼續在醫院做事，我繼續在修博士學位，不久杏妹來加，後在敏文同一醫院找到一個護理工作，為了她們工作上之方便，我們搬到城裡在醫院附近租了一套公寓，不久娃妹也來加就讀我所在學校家政系，住校週末回家。那時魁省因政治關係，一些大銀行、公司都紛紛搬往多倫多，造成經濟瀟凋，尤其我們學昆蟲的太專門加之不會法文根本無法在此地找到工作，於是我決定暫時綴學去安大略省皇后大學讀一年教育，想到該省找一中學教師職位，這時敏文也夠辛苦除了上班，每月也要寄生活補助給我的母親及她的父母。一年讀完雖然申請了許多學校，由於講的英文有鄉音，一般學校校長認為中學生對此很敏感，由於這個原因往往在應徵到最後兩名決定時而被土生土長的加國人佔優勢而獲得工作，在這段期間敏文一直鼓勵我，既使我到窮鄉僻野之處她也願意跟我去，使我十分感動。

正當我很憂鬱工作難找的時候，我的論文指導教授也是昆蟲系系主任打了一個電話來，電話中他說學校昆蟲館有一工作機會，他希望我能重返學校也可利用此機會完成我的博士論文，我很高興的接受了這工作，自此之後生活較為安定。時光過得很快，正當我完成我的博士論文而且通過博士論文口試時，我們的第一個孩子平平出生了，這可說是雙喜臨門。不久我得到加拿大農業部昆蟲研究所一份工作，但是我的指導教授也是系主任希望我能留在昆蟲博物館工作，並且職位升為副館長，於是我便留在學校工作，十五年後升為館長，一直工作到公元兩千年退休。

平平出生不久經常哭，可憐的敏文有時日夜把他抱在懷裡裡，直到一歲時去見小兒科王醫生才發現他有小腸氣，於是在兒童醫院開了刀。後來敏文的父母來我們家住也順便替我們看看孩子，平平三歲時他們返回台灣，我們將平平送往附近的育兒院，由於接觸小孩多，故經常生病，育兒院常常突然來電話說平平不舒服請馬上來接他看醫生，敏文只好從城裡趕回來，我們一塊送他去見醫生。可是一進到醫生診療室平平就大哭，故王醫生給他取了個外號叫哭泣的娃娃。平平六歲時送到附近一所小學上學，放學後回到育兒院，等我下班後再去育兒院接他，這兒生長小孩活動節目多，有時要送他去上綱琴課，又要送他去練棒球或棒球比賽，這時我們才覺得在國外養一個孩子真不容易。

七年後意外的我們有了第二個男孩取名安安，安安小時就比同年齡孩子來得高大，很少生病，每次見王小兒科醫生檢查身體總是嘻嘻哈哈，性格與他的哥哥非常不同，小時喜歡打籃球，直到今天還是如此。當孩子們小學畢業後準備升中學，敏文覺得一般公立學校管教欠嚴，許多未成年人的孩子不是抽煙，就是吸大麻，容易學壞，所以她想讓他讀蒙特爾最好的私立中學，但是一人一年的學費及雜費如捐款等幾乎去掉我與敏文薪水一半，親友們及她的父母都反對，認為我們的收入，無法負擔得起，但是敏文覺得小孩的教育會影響到他一生：故堅持送兩個孩子去這私立學校，她在工作的地方盡量加班，晚上我等孩子們上床後，從十時到十二時我在地下室做陶器，除了在大學工作外，每年週末參加六到七次手工藝展覽，每年也可多餘的賺幾千元，貼補家用，幾年下來，敏文身體常感疲憊，一次偶然檢查發她的腎功能減退，半年後開始洗腎，為了孩子她仍然到醫院工作，洗腎後兩年，她終於得到機會換腎，換腎後頭一年由於排斥作用，或免疫系統低尿道常發炎進過醫院幾次，以後這十五年可說是她最快樂的時光，在六十歲那年她就提早退休，兩個孩子中學畢業又進了最好大學，大學畢業敏文又建議送兩個孩子去美國修 MBA，去美國讀書一年生活費加學費就要六萬美元，敏文又去銀行用房子抵押貸款，雖然辛苦兩個孩子畢業後馬上找到高薪工作，敏文不向孩子作任何要求，只是勸他們好好多存點錢將來替自己買房子。孩子有了工作，我們減少了許多負擔，於是我們開始旅行，遊遍了大半歐洲國家。

在一九零八年經過一次尿道系統檢查發現攝護線有癌細胞，醫生建議開刀割除，這位著名的日本醫生在得了心臟病剛復原，可能手續不如往日那般順手，開完刀後大約七小時後才送到病房，敏文覺得很奇怪，她本想馬上回家，於是她決定多留一會，此時有位叫林達的護士來量血壓，她以為血壓機壞了怎麼會量不到，於是她找來另一個血壓機又是量不到，她開始慌了馬上找來醫生，那時我已半昏迷狀態，醫生一直拍我臉叫我名字叫我醒醒，怕我死了過去，並馬上替我輸了四袋血液這才救了回來，次日有位男護士來替我抹身，發現我右邊臀部有一大塊青色瘀血，他問我是否跌過跤？我說開刀時我是全身麻醉根本不知道，後來才領悟到可能在開刀房換床時不小心被摔倒地上，在醫院次日去照腹部 X 光，發現腹內有一像皮球般大小的血塊，實習醫生告訴我那是我開刀時流血過多，不過過一段時期會被身體吸收，在醫院住了四天主治開刀的日本醫生一直沒有到病房來探望，敏文覺得非常奇怪。

四天後回到家，頭兩天還好，到第四天臀部離尾椎骨一帶開始非常痛，敏文打電話給醫院，主治開刀醫生去日本講學並度假要好長時期才回來，結果去急症，在那兒等了七小時，我痛得不能忍受，見急症室外面走廊有一病床，只好躺在那兒等醫生，醫生也找不出原因，給了我一些止痛藥回家，但是次日又開始痛敏文又打電話向醫院求救，他們又建議送急診，這樣前後又送了兩次急診，並到神經科做試驗檢查也找不到原因，後來一次因止痛藥都不做功，我連站都站不起來，敏文只好叫救護車送往醫院急症，醫生開了重量級的止痛藥（也是當年美國著名藝人麥可賈克遜所服之藥），這藥只能維持六小時，六小時後又痛得難以忍受，全身往往痛得一身出冷汗，衣服都濕透了，跟著小便也痛了出來尿了一床，敏文又把我送到急診室，這次他們建議去照MRI，這才發現尾椎骨裂開了，要一段很長時間才能復原，復原後要做健康物理治療，在家這一段期間每天只能靠止痛藥，睡在床上只能側身向右邊睡不能轉身，轉身就會痛，因為藥性關係，每天想吐，食不下嚥，一個多月下來瘦了近五十磅，但是尾椎骨一帶已不像往日那般痛，於是開始減輕止痛藥藥量，敏文每天扶持我洗臉、擦身、吃藥、餵食，這樣過了八、九個月痛已減輕百分之九十，於是開始停止吃止痛藥，這時帶來一種難以形容的痛苦，全身骨頭好像有人用雞毛在那邊刷，心裡難受得全身翻滾，只咬枕頭，敏文看不過去好幾次勸我暫時再吃一顆藥好了，我堅持不要，奇怪過了三天，這毛病全消失了。不久我染上尿道炎，因為對針對治療尿道炎的抗生素過敏，它種抗生素必須由靜脈注射，因此要住院治療，可憐敏文日夜守候在床邊，一週後才痊癒。

這時我已可以起床，敏文扶著我每天在客廳裡來回走十趟，一個月後在室外大馬路上敏文陪著我拿著拐杖走一小段路，每兩天增加一小段路程，同時每三天去醫院做復健運動，大約半年後已完全恢復，體重也逐漸增加。

二零一六年小兒安安在西雅圖買了房子，邀請我們去小住，同時大兒子也從洛杉磯趕來會合，有天小兒子帶我們出海去釣三文魚，等釣完魚上了岸，敏文小便急跑著要去找廁所，一不小心被腳下高低不平的鋼板跘了一跤跌的是滿口是血，下額也與頭上部錯開伸了出來，嚇得我們趕快送到華盛頓大學附屬醫院急症室，不久來了兩位醫生。把她頭部及下額又推又拉總算還原，洗清嘴上瘀血發現前排牙齒跌斷了四顆，醫生給了一些抗生素，過了幾天我們回到加拿大，在牙醫那兒治療了七、八個月才年又做了假牙才算把牙齒弄好。

次年夏天兩位兒子帶我們去戲院看電影，進了戲院裡面一片漆黑，敏文一不小心被椅子在小腿上刮了一下，回家後發現小腿前面一片青又一條細細傷口，敏文認為過幾天會好只敷上一些消炎膏，可是過了兩天變成一個像拳大的水泡，於是去了醫院急診室，醫師把水泡弄破上了些抗生素，但是過兩天水泡又回來，被送到毒素科檢查也沒發現任何毒素，結果被送到蒙特爾市立院皮膚科治療，皮膚科的醫生說傷口一直很腫不收口可能與腎臟有關，最好回去洗腎有助傷口復原，否則會拖上很久，敏文有懼於過去兩年洗腎的辛苦，沒有聽醫生之勸導，這樣醫治了一年總算傷口復原，這時敏文身體較前脆弱不少，走路常感氣喘也走不動，去看腎科醫生，醫生替他檢查後發現她在十八年前換的腎已到末期必須很快洗腎，醫生並建議她去見心臟科醫師，因為心電圖顯示著頻率不正常，經過一連串檢查，醫生決定給她吃稀血藥以防心臟病。不久敏文接受洗腎，每兩天要到醫院做四小時的血洗，在蒙特爾市醫院洗了三個月便轉到離我家的 Lachine 醫院繼續洗腎，過了一個半月，敏文發現每日血壓很高，也準備下次見醫生請他調整藥量，就在十一月月九日那天早晨她去廚房煮麥片，她大叫我說她的手舉不起來，並自言自語說可能太餓了，我剛快把她扶到客室小沙發上坐著，然後餵她吃完麥片，這時電話響了，是二妹從多倫多打來，我們談了一下，我發現敏文不對勁腦袋一直像前衝，我馬上掛了電話去扶她，這是她已昏迷過去，我急得手腿無措馬上撥了急救電話九一一，對方建議把她平放在地上，他馬上送救護車來，五分鐘後救護人員趕到替她罩上氧氣筒送到附近 Lakeshore 醫院，急診室替她照了X光發現大腦裡大量出血，必須馬上轉到城腦神經科醫院開刀，當敏文到達醫院就直接送到開刀房，我與敏文二姐一直守在那裡，次日兩個兒子也趕回來，醫生發現腦部還是在出血又開第二次，這樣連續開了四次，敏文一直沒有醒過來，偶爾張開眼睛一兩次，這時急診室醫生一再勸我們，他們認為她不會好轉，既使好了也是植物人，要我們允許他們替病人拔掉氧氣管，讓她平安過去，我與兩個孩子都不忍心，主治開刀的醫生也不贊同，不久又動了小手術裝了人工食道及肛門，腎科醫生也很負責任，派來技工每隔一天來洗腎一次，在急診室住了三個月轉到普通病房，她的呼吸開始非常急促，痰又多，醫生檢查發現肺積水，心臟也壞到要換器官的階段，突然有一天她眼睛張開了一整天，次日又閉上呈昏迷狀態，兩天後她的脈絡急速下降，當我趕到醫院她已走了。

回想過去這四十七年她對家庭付出太多，我忘不了她這一生對我的照顧及鼓勵，為孩子們的教育費盡苦心，她不但是她父母最孝順的好女兒，也是我的好妻子，更是孩子們偉大的母親。

第五章

感觸

校花的故事

走進文化大會堂，黑壓壓的一片人潮，可真把這劇場擠得水洩不通，因為當時是漢口市的京劇名票沈潔女士登名獻唱玉堂春前半段「女起解」，後半段「三堂，會審」是由紅遍大江南北的名伶董葆玲挑樑，一位女票友能與京劇職業高手同台分別演出劇中人蘇三的前後兩段身世，沒有幾分真工功夫的票友，不要說是唱主角戲，就是想跑龍套也很難沾到邊。沈潔還未登台卻早已轟動武漢三市，漢口市的大小報紙花邊雜誌，兩天前就登出金嗓子沈潔登台的報導及玉照。一來是沈潔底子硬有真功夫，扮相華麗，外加一副好嗓子，確實招來不少戲迷，再者她的先生是當地政客，誰不想借機會討好一般。

輪到沈潔出場之前，台上已經換了新的掛景，舞台兩側堆滿花籃，武漢三市的大官、要人、交際名流，可說都到齊了，此時羅鼓聲響起，一聲「苦呀，……」女子的尖鳴從後台傳出，接著側台門簾一開，一身紅衣，手著囚架的蘇三（沈潔）踏著小碎步出場了，頓時台下齊聲叫「好」，幾乎整個舞台為之轟動起來。

沈潔的台步、手摯及唱功的確不同凡響，幾句流水版唱得觀眾點頭、踏足過癮透了，叫好之聲更是不絕於耳，這齣戲一直唱到午夜，散戲不久，我的父母及幾位政要被請到前廳，接待人員說沈女士馬上要來向諸位長官、夫人親自道謝，正說著，沈潔穿著一身綴有金色亮片的大紅旗袍，白色長手套、金色高跟鞋，隨著她的先生沈某匆匆趕來，她很有禮貌的一一向這群名流、政要握手道謝，這時離場的一些觀眾發現新大陸似的，叫了起來「沈潔在大廳裡呢……」，接著想看盧山真面目的觀眾，顧不了守門的刑警，一擁而上，頓時整個大廳塞得滿滿的，秩序大亂，父親在兩位貼身保鏢的開路下，一手牽著我，一手摟著母親，好不容易的衝出文化堂，母親的一雙白皮鞋也被人踩得烏黑，她抱怨的說：「以後真不敢再來看沈潔的戲了」。

一天清晨，母親交待老袁把客廳及飯廳的花全換上夜來香，又吩咐下午的點心是銀絲卷，鮮蝦雲吞，香酥鯖魚，涼拌三絲，晚餐除了一貫的請客菜外，另加魚翅、海參燴肚絲、清蒸鯧魚、蟹黃白菜，我好奇的問母親今天又是那一位大官來我們家呢？母親摸摸我的頭說：「那天登台唱戲的沈阿姨要來陪媽媽打牌，聽說她最喜歡夜來香的香味，所以家裡花瓶，今天不放玫瑰花，改放夜來香」。我與大妹十分好奇，恨不得馬上再能看到這位紅遍武漢的名票沈阿姨。

下午兩點左右我家門口停了一輛白色小轎車，司機開了門，走出一位身著白色透紗旗袍，外罩紅色短外套，白珍珠耳環，項鍊，腳踏四寸白高跟鞋，手著白色短手套，佩上紅白兩色皮包的時髦太太，我與大妹在屋裡窗沿下向外看，看得真是傻了眼。

那天除了沈阿姨外，漢口市的首富陳仙舟夫人及政要邵夫人都到了，我與大妹不聲不響的溜進麻將廳，擠在沙發角落上，好奇的盯著沈阿姨看，大妹忽然張開喉嚨說：「沈阿姨妳好漂亮，為什麼妳的眼睛底下貼了兩塊白膠布呢？」，妹妹這一張口，可把媽媽臉都嚇青了，匆匆放下牌，把大妹牽了出去，回來一直向沈阿姨道歉說：「小孩子不懂事亂講話」，沈阿姨沉默一陣，抬起頭笑著對媽媽說：「沒關係，只有小孩子才講實話，我這兩塊白膠布，代表著我過去的一段歷史」，邵夫人眼睛瞪得大大的說：「妳能不能講點給我們聽呢？」，沈阿姨不慌不忙的從皮包裡掏出香煙，一手摸著牌，一手抽著煙說「十幾年前當我剛進入復旦大學時，我用的名字是陳蝶，那時我非常活躍，在學校裡演話劇，又唱平劇，不久被學校裡的男學生封上了什麼江南才女，復旦校花等一大堆頭銜，只是這校花的頭銜給我帶來不少麻煩，那時大約有七、八個男孩子同時追求我，暗地打主意的更不知有多少，這些男孩子之間不但勾心鬥角，常常鬧事打得死去活來，更弄得我整天不能安心讀書，最頭痛的是引起學校一般女同學的嫉妒，她們先是話裡句句帶刺來氣我，進一步是集體杯葛不跟我講話，說真的當時我真希望自己長醜一點，那麼什麼麻煩都沒有了，或許由於我的家境太好，又是獨生女，從小被父母寵壞了，有點任性。有一天被幾位女同學指桑罵槐的說我招蜂引蝶，水性楊花，我氣得實在受不了，溜進化學實驗室，弄來一瓶濃硝酸，在自己眼下滴了兩滴……這時母親及兩位牌友真聽得入神，陳夫等不及待的問道：「結果怎麼樣？」，沈阿姨喝口茶又繼續說：「當時我痛苦得暈了過去，被室友送到醫院，醒來時臉上緊緊的纏著繃帶，母親一直流著淚陪我，問我為什麼想不開？在醫院裡住了一個月，那些追求我的男孩子想我可能我已變成鐘樓怪人，母夜叉，竟然沒有一個來看過我。繃帶取下之後，雙眼底下卻永久的留下兩塊黑疤。我沒有再回學校，隨著母親回到南京老家，不久我遇到我現在的先生，他那時在政府某機關做專員，人很忠厚，他從別人那裡知道我的過去，對我特別同情及關照，我知道他不是為了我的外型，而是真的對我好，我不加考慮的很快就嫁給了他。結婚之後我改名叫沈潔，為的是想忘記過去那一段不愉快的往事」。

這時母親及她的兩位牌友才解開了沈潔眼睛下那兩塊白膠布的疑謎。

自那次聚會之後，沈阿姨又來過我家作客兩、三次。一九四七年左右，武漢三市局勢已開始動搖不安，聽說沈阿姨的先生由於對政府處理的極端不滿，留下了沈潔，自己偷偷溜到西北投共去了，這消息傳來，真是轟動了整個武漢，沈潔自此隱居消跡，誰也不知道她去了那兒。

我們遷居台灣之後，從父親過去的一位老部下那兒聽到：一九四九年左右，沈潔改嫁了一位年紀小她很多的英俊軍人，也到了台灣，由於當時軍人待遇低，生活難苦，沒幾年她又與那軍人分了手，現在不知流落何處。

一九六三年的某晚，台北新世界門口擠得人山人海，香港邵氏影片公司的一部梁山伯祝英台影片，轟動了整個台灣，影片中反串梁山伯一角的凌波頓時成了大眾情人，年長我十多歲的表姐楊青，是個凌波迷，雖然已看過這部影片八次，硬拖了我及母親及我再陪她看一次，當我們到達戲院，售票處早已掛上牌子「明日請早」，表姐氣得直跺腳，不服氣的說：「本大小姐今晚非看不可」。這時走來一位面目憔悴，滿面病容的黑衣婦人，向表姐說：「小姐我這兒有票，每張只賣妳十元錢」，表姐接過票子看了看生氣的對她說：「妳這個女黃牛真是死貪心，我已經買過好幾次票了，人家最多只賣五元錢，妳竟然要雙倍，拿去……不要」。母親走過來打圓場說：「楊青，電影都快開演了，買了算啦，她也是排了好久的隊才弄到這些票子，讓她多賺一點又有什麼關係呢」。黑衣婦人似有感激的轉過頭來看看母親，就在此時這婦人的臉色突然發白轉青，一把從表姐手上奪回票子，轉身就跑了，表姐被這突來的行動弄得莫名其妙，母親也被震住了一陣子，後來忽有所悟的緊握著我的手不能控制的喊道：「是她，是她，那眼睛底下的兩塊黑疤，她是漢口的大紅人沈潔……」。表姐終於在別人那兒高價買了三張票，她是心直口快，有名急躁性子，兩隻手直推我們進場，母親還是不斷的回頭向門外那片人海中搜索，她想起十八年前在文化大會堂看沈潔登台唱玉堂春盛況，她深深的嘆了一口氣，感慨人世的變化與悽愴。

紅衣老人

清晨每當我經過長春小學時，我會將駕駛速度降低，因為那時正是一群群小朋友上學的時候。每次我都看到一位穿紅衣服的老人，手上高舉一塊牌子，小心翼翼的領著孩子們過馬路。等孩子們過去了，他總是笑笑向停下車的過路客招招手，示意謝謝。從春到冬，從冬到春，多少年來從沒有停過，加之身穿紅衣，真像是一位慈祥的聖誕老公公。

聽學校對面開雜貨店的老闆說：老先生自廿多歲就在這家小學當工友，由於服務認真，又喜歡孩子，雖然歷年來更換了無數任校長，他的工作一直沒有受到人事變動及年齡影響，七年前他到了退休的年齡，依依不捨的離開了學校，帶了老伴回到童年的故鄉沙省，不到兩年老伴過世，老先生感到傷心、寂寞，提了一口箱子又回到長春鎮來。他向學校要求給他一份不拿薪俸的義工，這樣他又可以看到這些可愛的小朋友了。當我知道這一點老先生的來歷，每次看到他更增加了我對他的一份尊敬及親切感。

有一年的冬天，氣溫常常降到零下二、三十度，加之北風呼呼，走在路上連呼吸都感到困難，看到老先生帶著孩子，彎著背，縮著頭，一步步的朝向寒風抵抗，我感到老先生忽然蒼老了，心中頓時起伏著無限傷感。

一天、兩天，竟然有一個星期沒有看到老先生了，帶領孩子過馬路的義工已經換了一位矮胖的中年婦人，十天過去了還是不見老先生回來，我心中不勝納悶，停了車跑去問雜貨店老闆，老闆惆悵的對我說：老先生兩天前已經過世了，他得的是急性肺炎加之心臟衰弱，不過醫院裡的人說他去的很平靜，是在睡眠中過去的。

聽完雜貨店老闆的話，我楞了好一陣子，走出店門，望望馬路，一片雪花茫茫，沒有行人也沒有車輛，我覺得眼睛來得模糊，揉揉眼皮，不知何時流出來的眼淚已被結成冰了。

茶會

加國的二月可能是一年最冷的月份，尤其是在初出國那年很難令人適應，鬧鐘鈴鈴的把我從夢中驚醒過來，扭開床頭燈一看已是晚上九時，窗外的風雪依然很大，刷得樹枝呼呼著響，想著明天還得繳一篇讀書報告，此時頭痛已好得多了，於是振起精神從床上爬了起，房外很靜，黑壓壓的一片，房東太太必定又去教堂參加每週四的聚會了，正當要去洗手間，門鈴叮噹的響了起來，打開正門一看，只見一位頭髮花白身體瘦長的老先生站在那兒，他見了我很和藹的對我說：「你必定是紐白瑞夫人曾經提到過的那位中國學生喬治熊了，我是你的鄰居住在二樓，我叫喬治鄒，老人報完他的名字主動的與我熱情的握握手，然後老人又開口問我紐白瑞太太在不在家？我告訴他房東太太去了教堂要很晚才歸，老人失望的對我說：他約了一位朋友來家喝茶，他已等了一個半小時還不見他來，這位朋友是紐白瑞夫人的同事或許她有他的電話，我進去查了一下房東太太留在電話旁邊的小簿子，但是找不到那位先生的名字，老人說了一聲謝謝，惆悵的準備轉身離去，他又停了下來帶著懇求的口吻對我說，他已準備好了茶及點心，問我是否肯賞光到他家裡喝杯茶？我不忍心看他再度失望，但很誠意的告訴他我不能停留太久，因為我還得回學校趕寫一篇報告，老人興奮的點點頭說那太好了，並保證他不會留我太久。

喬治邵先生住的是一間單人公寓，房間很長，他用一半做臥室，另一半做客室及書房，在洗手間前邊的角落上是一個小巧的廚房，室內傢俱雖然很舊，但是陳列得很整齊，牆上掛了許多照片，可能年代太久，顏色已經微微變黃，喬治鄒先生倒了一杯茶給我，問我要不要加一點牛奶及糖，我告訴他我們中國人只喝純茶不加任何東西的，他說他早就從父母那兒知道了，原來喬治鄒的父親在世時是位收師，年青時在中國河南一帶傳教，他是在中國出世的，六歲那年隨著父母返回加拿大，從此就再沒有去過中國，兒時的回憶早已被無情的歲月所沖淡，但是他對中國的文化一直充滿興趣，我們談了很久有關中國的歷史，食物以及傳統的戲劇，此時我好奇的指著桌上一張放大照片的中年女士問她是誰？喬治鄒先生頓時顯得很難過對我說：那是他的太太，四年前得癌症去世了，他們沒有孩子，自她去世後，他才感覺到老年的日子是多麼寂寞。說著我似乎看到老人眼中的淚光，於是我趕緊把話題扯聞轉到中國的京劇，我告訴他在大學時代我是怎應被同學拉進平劇社的，老師有多嚴格及具耐心教我們一個字一個字去唸去唱，接著是有多辛苦的一小時接一小時的練身段。叫嗓子及彩排，等到萬事具備只欠登台了，那知第一次登台唱主角戲就出了紕漏，戲裝沒整理好就匆匆出台，戲才演了一半，我穿的那條褲子卻掉了下來，喬治鄒先生聽到這兒放聲哈哈大笑，我也忍不住邊講邊笑，兩人最後笑得眼淚都笑了出來，老人又替我加了一點熱茶，我喝了一口，忽然想起明天的報告還沒有寫，看看手錶已是十一點了，於是站起來向喬治鄒先生告辭，喬治鄒先生握住我的手對我說：「喬治幾年來我從沒有像今晚這麼快樂過，你真帶給我不少快樂，你能有空再來看我？我們可以喝喝茶聊聊天，那怕有十分鐘或二十分鐘也好」，我很坦誠的告訴喬治皮先生，我的功課很忙，但我會盡星抽空來拜望他的，他很高興的笑了。

自從那次的茶會，緊接著的是寫研究報告及期冬考試，那時台灣來的學生英文較為吃虧，在功課上花了不少時間，每天僅獲得五、六小時睡眠，加之不太適應加國寒冷的冬天，經常患上傷風、感冒，日子過得是昏昏沉沉，時間上真難抽點空再去拜訪喬治鄒先生。

那年五月某日正值期終考試結束，頭一天我因趕夜車一夜未眠，考完後即趕回公寓矇頭大睡，直到中午才被房東太太急促的腳步聲吵醒，房東太太見了我很倉促的對我說：「喬治呀，今早樓上出了事你知道嗎？」，房東太太沒等我回她的話接著說：今天早上她去上班碰到巡邏警察鮑比，鮑比說他有好幾晚經過此地，喬台先生房間老是黑漆漆的沒有燈光，問她喬治先生是不旅行去了？房東太太告訴鮑比：她從來沒有聽說他有旅行計畫，倆人開始懷疑，於是鮑比去敲喬治鄒先生的門，沒有回音，他們更為生疑，於是鮑比設法弄開了喬治鄒先生的門，頓時一陣不能令人忍受的臭味傳來，原來喬台邵先生已死在床上多日了，我等不及待的問她知不知道喬治邵先生怎麼會死的？房東太太說初步檢查可能是死於突發性的心臟病，房東太太嘆了一口氣說過去喬治鄒先生一直是位快樂的人，夫妻倆沒有孩子但是感情可真好，在黃昏時倆人經常手牽手散步河邊，不知羨慕了多少人，但是四年前喬治邵夫人過世後，他完全變了，人變得非常孤獨而傷感，往日慣有的笑容已經很難看到，兩年前他自化學公司退休後，人變得更是消沉，最早他去此地一家榮民總醫院義務幫忙做點義工，但是那年冬天地上結冰滑了一跤傷了脊椎骨就沒有再去了，日子過得更加寂寞，假如喬治鄒先生能夠過得快樂一點，他必定能活得久些。

聽了房東太太的一席話，我感到十分難過與徬徨，來到學校餐廳，好友湯姆在老地方坐著等我，我拿了食物一聲不響的坐在他旁邊，他問我是否不舒服，我搖搖頭，他也識相的不再問我，我凝視著餐桌上的食物及茶杯，上次與喬治鄒道別的情景似乎又出現在眼前，耳旁又響起了他的聲音：「喬治，幾年來我從來沒有像今晚這麼高興過，你能不能有空再來看我……」。我又想起房東太太的話「假如喬治鄒先生能快樂一點，他必定能活得久些」，想著，想著，心中突然產生一種難以控制的悲傷，真的如果過去兩個月我能抽空去看望他一兩次的話，說不定今天他仍活著，我伏在桌上號啕的大哭起來，湯姆一隻手沉沉的壓在我的背上，而輕輕的對我說：「喬治有什困難告訴我，我會盡力幫助你，你看所有人都向這邊看呢……」，我抬起了頭用手臂擦乾了眼淚，匆匆離開了飯廳。

那天下午在實驗室裡，腦中是一片混亂，什麼事也做不下去，直到實驗室的人都走光時，我鎖上了門，拖著沉重的步子向回公寓的路上走去，此時正值黃昏，晚霞滿天，也染紅了聖勞斯河的河水，四週卻靜得出奇，我停下了腳步，不自主的抬頭望望，喬治鄒先生臥房的窗戶仍半開著，在朦朧中我似乎見到一位寂寞的老人在那期待著友人的來訪，低下頭我的淚水又不自禁的落了下來。

母與子

結婚那年，我還在大學裡做研究生，我仍住在學校附近一棟四層樓的公寓裡，一來是可以步行到學校上課，再者側街的對面有一靠水的小公園，是夏日釣魚的好地方，公寓的隔鄰是另一棟幾乎年代、大小、樣式相同的公寓，這兩棟公寓都是屬於這小鎮的財主祖透先生的。

新婚的夫妻總是喜歡消磨許多時間在廚房裡弄些好吃的東西，在等待火候的時候，我總愛站在窗口，好奇的看看對面公寓每家窗內的人在做什麼？看了一家又一家，真像是個萬花筒，使我覺得人活在世上，就是不停的為生活而忙，在我家正對面一家人家，住的好像是一對母子我常見著那位上了年紀的老太太在廚房裡忙東忙西，身邊總是站著一位動作很屈純的中年人，像是位低能人士，有時候他也幫忙老太太擦擦盤子，多半時間是呆呆的望著老太太做事，有一天看見老太太高高地站在桌子上擦窗子，內人及我見了都嚇了一跳，萬一老太太站不穩跌到窗外去，必定是粉身碎骨，本想跑到對面敲老太太的門，幫她個快，又擔心門鈴一響會使老太太受驚，反而不好，我們只好咬緊牙關，瞪著大眼為老太太祈禱，那中年人走過來握著老太太的手，老婦人平安的從桌上爬了下來，有一天去銀行辦事，半途中見到這位老太太和中年人從市場裡出來，每人手中提了一個包包，老太太看來雖很蒼老，精神還好，中年人慢慢地一步步地跟著老太太後面走。

老太太生活似乎很有規律，晚上九點鐘後房裡的燈就熄了，早上七點鐘就看見她在廚房裡開始忙，有一天晚上老太太家裡的燈一直沒有亮過，一連好幾晚都是如此，我與內人徒生好奇，擔心老太太生病了或是家中出了什麼事，於是我們跑去告訴管公寓的管理員，他笑笑的對我們說，老太太及她的兒子上週坐火車去看望她的哥哥去了，除了她這兒子外，他就是老太太唯一親人，聽說她哥哥在一家老人療養院病得很厲害，老太太決定帶了兒子去看望他。內人問管理員老太太先生家有什麼親人，管理員搖搖頭說他不太清楚，只知道二次大戰時，老太太的先生是位空軍，在他們新婚不到半年就被派到英國去參戰，老太太那時已懷了孩子在這小鎮的一家小學教書，在孩子出生剛滿兩個月，不幸的消息傳來，她的先生在一次空戰中陣亡，他這孩子雖然智慧發育不全。，到底是他先生留下的骨肉，老太太可憐他，決定犧牲自己，終生來照顧這可憐的孩子，我們聽了都很感動，但是也很擔心，萬一老太大有一天早走了，她這兒子又怎麼辦呢？老太太會去得安心麼？

次年我們搬到城裡去住，等大孩子出生不久，我們又搬回西島，偶而也帶孩子到這小鎮來逛逛，有一次見到老太太及她的兒子在公園散步，四五年不見，老太太背駝了，也老了不少，手裡拿了一個拐杖，他那兒子頭髮也花白了，遲鈍的一步一步地跟著老太太後面走，看了這情景十分令人難過。

大概又過了兩年多，我們家來了幾位從台灣來的朋友，大家吵著要去釣魚，於是開了車來到這小鎮靠河邊的小公園，公園裡早已來了不少釣魚的同好，我們也趕緊搶了一塊地盤，台灣來的朋友釣魚的機會不多，即使釣了一條小魚也興奮的大吼大叫，引來了不少圍觀的人，還以為我們釣到大魚了。可是在公園左邊角落裡，坐著一位中年人一直未被我們的鬧聲所驚擾，靜靜的望著河中央。我向他看了幾眼，覺得此人似曾相識，便對內人說：「你看那穿黑衣服的人像不像我們過去住的公寓對面那位老太太的兒子？」，內人說不會是的，否則為什麼見不到老太太呢？我們走進看看，發現果真是他，他看來很渺茫也很寂寞，本想過去打招呼，內人拉拉我的手，叫我不要打擾他。於是我們穿過馬路到往日住的公寓裡，找到了管理員，雖然多年不見，管理員還是認得我們，他告訴我們老太太在兩月前就走了。她的家裡已經沒有任何親人，現在是由他們夫妻來照顧她這兒子，可是他們孩子多，工作又忙，也不可能長期照應他，好在公寓屋主祖透先生已與北部梅果鎮的低能人管育所接洽好，月底就會把他送去。

台灣來的朋友真的釣魚釣的高興極了，不是蚊子叮咬還不肯走，在回家的路上就開始計畫哪些魚紅燒、哪些拿來魚清蒸，我回過頭來向公園望望，此時釣魚的人都走光了，只留下老太太的兒子還是一動也不動的坐在那長凳上，我低下頭來傷感的噗了一口氣。

青青河邊草

幾乎每位從台灣來此做客的朋友，都會對我說：「老熊你真有福氣，怎會會住在一個優美的環境裡，的確從我家到上班這一條路，不必去擠高速公路，而可順著聖勞斯河直開，每當下班回家，雖然一身疲勞，當我開著慢車，仰視藍天、碧雲，遠眺白鷗、帆影，身體頓時輕鬆許多，每次經過這貝多菲這小鎮，看見那一片如茵的綠草，沿河的楊柳隨風搖曳，往往使我想到二十九年前年前，沉醉在愛河中的我不是經常在此與愛人垂釣嗎！，此時心中往往產生無限感慨，韶光催人老啊。

去年七月由於雨水充足，這河邊的綠草長得格外的綠油油。一天，我開了車窗，靜聽那蟬兒在樹梢孤鳴，這時從柳蔭下走出一位年青的長髮女郎，她是那麼的古典，長裙曳地，她是那麼的孤獨，眉頭緊鎖沿何慢步而行，她那如絲的秀髮在微風中陣陣飄動，她那挺直的鼻樑，美好的輪廓，使我想起早年看過一部愛爾蘭電影「藍尼的女兒」，電影中的那位年輕，寂寞的少婦，穿著長裙獨自在海邊排徊，不正是此景的寫照嗎？

又是一天的黃昏，我經過這貝多菲這小鎮，轉到摩根路上想去購買中心買點水果，這時我又看到那長髮女郎，身著同樣是長裙，穿過對街的鐵軌，向河邊的那條路走去，她依然顯得那憂傷，微微的低著頭，皺著眉、我好奇的猜著：她大約廿七、八歲吧，可能住在鐵道北邊高爾夫球場的新社區，她這麼憂愁，會不會在她的婚姻的道上亮了紅燈，那麼她那愚蠢的丈夫，怎麼狠下心捨棄這麼一位美麗的妻子呢？我又猜著：她可能與「藍尼的女兒」有著同樣的命運，婚姻未能帶給她絲毫的快樂，婚後放卻遇到一位真心愛她的人，在種種壓力下而無法與愛人結合，而獨自在那裡排徊悲傷，多麼不幸又多家神秘的女郎啊……。

自此每當我下班經過這小鎮時，我都會公式化的側頭望望那女郎，在不在那兒，我想知道她是在那兒散步還是獨坐在樹蔭下，一連兩天沒有見到這女郎了，我好生納悶在想：女郎是否病了？那麼誰來照應她呢？

回到家我扭開電視，正值晚間新聞，這時忽然聽到播每員報導：「今天下午四時，在西島貝多菲小鎮的火車鐵軌上，有一位廿八的少婦自殺亡……」，我忽然覺得頭暈，感到血液自身體各方向頭上直衝，一定是她，那天我不是看見她從鐵道那端走過來麼，多麼可憐的女郎，為什麼要選這麼殘酷的結果呢？為什麼當初我沒有像一位傳教師的那般精神去幫助她，勸慰她，把她在死亡邊緣救回來，想著、想著，我沉緬在極度的悲傷中。

自那一天起我已經沒有勇氣再開車到這沿河的小路，而改道公路回家，有一天上公路的那條正值翻修不通，我不得不折回到這條沿河的小路來，貝多菲小鎮沿河的青草依然那麼綠油油，心中不由產生一絲淒愴，就在此時我突然見到兩個人影自遙遠的樹叢中跳了出來，啊！那女的不就是那長髮女郎嗎，依然長裙曳地，只是頭上加了一填寬邊的白草帽，她的一隻手緊緊的挽著身邊一位英俊而有白馬王子風采的男士，她笑得那麼開心，腳步踏得那麼輕鬆，我不敢相信這是真的，用手捏捏耳朵，有知覺，才相信自己不在做夢，頓時心中放下一塊千斤重的石頭，我搖了車窗，向他們招招手，他們停下腳步，楞了一下也舉手向我搖搖，一路上我吹著口哨，真沒想到原是一首悲悽的輓歌卻轉化成一個長留記憶中的美麗音符。

麥考醫生很仔細的替我做了全身體檢，帶著肯定的口吻對我說；他找不出有什麼毛病，我這喉嚨可能是由於工作壓力的關係使它產生一種哽塞的感覺。離開了醫院，我邊走邊想；這一年工作真夠幸苦，上司是位年輕的加拿大人，既無工作能力及經驗，辦事又欠努力，三天打魚四天補網，辦公室常常見不到他的影子，好在仗著是在這兒生土長的白人，竟然當上了主管。他的經常缺席，無形中增加我不少工作負擔，事情做得好表功的卻是輸到他，這不平的心情，影響到我的情緒，長期的不快樂又怎能不帶給自已精神上的壓力呢？

走入地下車道，遠遠傳來一陣優美的音樂。順著樂聲走去，只見一位年青人靠在路邊，手上彈著吉它，嘴上吹著口琴，二種不同的樂器，不同的音符，在同一時刻內僅由他一人吹彈出這麼華美的音律，使人佩服萬分。我停駐在他的面前，聆聽他神妙的演奏，彷佛自已化成一隻海鷗飛翔在茫茫大海上，又恍惚自已返回到童年，在長滿野花的的草原上狂奔、吶喊，音樂忽然停了，年青人用手臂擦了擦頭上冒出的汗珠，他望了望我似乎很感激我一直守在那兒捧場，他友善的問了我一下時間，我告訴他已經十二時一刻了。年輕人說了聲謝謝便撿起放在面前的琴盆，數數行人擲進去的錢幣，大概有三、四元吧，年青人露出滿足的表情，收拾了行囊，匆匆離去，見到了這一切使我產生無窮的感想，這年青人的才華非一般常人所能相比，他的音樂造詣也是經過多年寒窗苦練出來的，他所要求的是什麼？我很為對他感到機遇的不平，但年青人似乎很滿足，數小時的演奏，僅換到買一客三明治及一杯飲料的代價，這才使我領悟到；在這世界上比我有才華的人太多，物質生活上卻遠不如我，我在不愁生活的環境下又何必為了爭「名利」給自己帶來無限痛苦與煩惱呢？曾記得禪學上有這麼一句話；世上只有兩樣循環的因果，一是「有」一是「無」，人類往往為了這「有」在那勾心鬥角而傷害了自己，就在這一刻中我似乎領悟到人生，我感謝那位年青人給我帶來的啟示，今後我要想得開，也要做一位快樂而滿足的人。

上司

一九八六年威克瑞教授從瑪吉兒大學昆蟲博物館退休，這館長職位一般人推測我可能有機會繼任，但是基於許多政治因素，學校決定在外招募人才，應徵人士不少，其中一位曾在加國農部做過超博士的麥克山包先生幸運的得到這職位，主要原因是他有一本厚厚的昆蟲分類著作，八月初他來上任，在系裡休息室系主任介紹給大家，給人的印象有點傲氣，我倒了一杯咖啡給他，他連謝謝都沒有，似乎是覺得你是我部下理應如此。那年他年紀大約三十三歲，第一次得到一個正式工作，所以還沒有充分積蓄買車，有天他接到一個電話有一對老夫妻想把他們收集多年的昆蟲標本捐給博物館，山包希望我跟他進城去拿，據往日經驗一般普通人士捐的標本多是普通昆蟲，博物館早就有了，加之標本製作技術差，沒有研究及收藏價值，於是我猶豫的問他：「是什麼類的標本？」誰知他頂了我一句「沒有看到怎可知道是何種標本」，於是我只好開車載他去城裡拿。開到一棟老公寓門口，老先生已把三大盒標本放在門口等我們。我們打開看看都是一些常見普通昆蟲，我知道山包先生初上任想表現一下他來後之工作表現，我沒做聲把三盒標本放進車裡，開車回學校。那時大概是下午四時正值塞車時候，大街不但車多紅綠燈又多，我只好繞著小路開，坐在車裡的山包先生以不耐煩的打著官腔說道：「你是怎麼開車的，開了廿分鐘還沒到快速公路道」，我生著悶氣，心想我沒有必要花自己汽油費載你來，你不但不感激反而官腔十足，真是少年得志，不知天高地厚。

在他上任不久鄰鎮的史提華文化中心想請博物館去他們中心開一昆蟲展覽會，並請我示範做燒昆蟲大餐，山包叫我籌備一切，我整整忙了半個月，從挑選標本，畫海報，佈置會場到烹調材料全部一手包辦，山包先生只是袖手旁觀，展覽前一週山包以他個人及文化中心出面以博物館昆蟲展覽而發請帖，請社會名流來參現，名單上竟忘了剛退休還仍在博物館做研究的威克瑞前館長及世界昆蟲分類專家克文教授，他們知道非常不滿，親自找山包理論才受到邀請，以後類似情形出現多次，前館長威克瑞非常不滿意他的作為，有次為了某事爭論，幾乎動武，他的人事關係弄得非常不好。

在他就任前半年表現平平，接著他來上班的時間越來越晚，如果沒有課一上午見不到人影，因此博物館的公文及他應該做事都由我來做，忙得我常常午餐都沒時間吃，人家五點下班，我往往忙到七點才能回家，他大概每週三次上午有課，因此他不得不來，但一下課往往手拿一牛皮紙袋關了辦公室門出去了，到下午才回來，有一天他不在，我必須開了他辦公室的門找一盒昆蟲標本，打開他書桌抽屜看到五，六瓶空酒瓶，這時我才明白他每次帶了牛皮紙袋出去是去喝酒。有一天女秘書告訴我學校人事部打電話來說還沒有接到博物館明年度預算報表，今天是限期最後一天，我記得兩週前我已做好報表，請他過目看看是否有錯誤的地方，如果沒有就簽名交給女秘書寄出去，我只好又去敲他辦公室的門沒有反應，我就開了他辦公室的門，發現他伏在書桌上呼呼大睡，我叫醒他，找到了報表寄了出去。

不久從系裡學生傳出，山包經常出現在酒吧，與一群酒友彈吉他、唱歌狂飲作樂，上課老遲到，有時上課上了一半竟忘了自己講的是什麼，我聽了有點替他擔心，因為四年後他會被系裡考核他的工作效率而決定他的去留，同時學校上屬為了節省經費，如果博物館沒有特殊功能表現，可能會關閉。有天他從學校開完會回來，我見他垂頭喪氣，問他發生什麼事了，他說學校當局要他想法替博物館向外找經費，目標在百萬以上，我聽了一愣，因為像博物館這樣做純理論學術研究的機構，不會得到工商界支持，克文教授在位時以他在學術界的聲望發出五十封信向外募款，只募到兩千元，於是我建議我們可以在暑假期間開課，對象是各階層的社會人士如中學老師，農民、害蟲防治公司技術人員，課程內容是如何認識一般害蟲，如何採集及製作昆蟲標本，這樣多少有點收入，他也點頭說可以試試，於是我便開始準備課程內容及進度，也向有關學校機關發出招生廣告，那年暑假共有十七人報名，因為大家所提供時間不同，故不得不分成兩班，每期是兩週，每日上課六小時，於是我向山包建議請他每週上午三次來講一般昆蟲之形態及生態環境，每次一小時，他皺了一下眉頭終於答應了，接下來是我教他們如何認識田間、家園及室內害蟲，捕蟲方法及標本製作，學員興趣很濃，尤其是害蟲防治公司非常感激替他們培訓不少技工，雖然辛苦但是一切順利，四週下來替博物館獲得六千多元的收入。次年暑期我向山包提出我們可以繼續再辦一次暑期昆蟲訓練班，萬想不到他卻說不必再辦了，花了這麼多時間才賺到這麼一點錢，我給潑了一頭冷水，只好按照他的意思停辦。

有一天下了班我還在辦公室工作，忽然聽到有人奏吉他的音樂聲，我走出去才發現是從山包辦公室出來的，我走近一看，山包坐在辦公室椅子上低頭彈奏，我站在那裡大約一、兩分鐘他終於發覺我才停了下來，我對他說：「你彈的真好，一定學了很久吧？」，他笑笑對我說這吉他他已經跟隨他有十多年，從大學時他就在酒吧彈吉他唱歌養活自己，一直到拿到博士學位，我好奇的問起他的父母，他說他的父母早期是從歐洲移民到沙省來的，山包不是原來姓氏是來加後改的，小時候他的父母不準孩子講原先語言只準講英語，我心裡已明白可能他的祖先是猶太人，他又告訴我他的父母在他中學時代就相繼去世，有位姐姐嫁了人，我聽後對他產生一種同情，可能他喝酒是從酒吧工作上癮的，他可能也認為自己辛苦半輩子現在做了大學教授可以放鬆享受一陣子了，他忘了大學教書不是一件容易的事，你的教書能力，研究成果，研究經費，行政效率，手下有多少研究生皆在工作四年後要被學校審核，沒有通過的話學期終了，必須離開學校，於是我乘機向他說「山包，博物館的事我可以全部去做，我希望你能抽出時間做點研究工作，每年能發表幾篇文獻，這樣對你好對博物館也有好處」，他很勉強的點點頭說他會試試。

一九九一年五月某天，我正忙著整理博物館的標本記錄，電話響了是二妹打來告訴我母親在多倫多醫院剛過世，我傷心的放聲大哭，隔室的山包聽到了，跑來安慰我，並勸我回家剛快整理行李去多倫多，等辦完喪事再回來，等我辦完母親喪事回來，在學校通訊刊物上看到山包代表博物館宣布我母親去世消息及致敬，這時我才發現山包也有善良的一面。

時間過得很快，轉瞬山包來校工作已近四年，這一陣子他忙著整理自己的審核資料，他請來了剛剛通過審核的另一位年輕教授單非先生來指示幫忙整理，資料中包括發表文獻收集，教書，研究成果，博物館行政效率及成果等等。我也就把博物館這幾年來的表現成果及對學術之貢獻寫了一片大綱交給他，就忙著自己的工作也沒有再去過問他的事，有一天我正準備下了班回家，見他垂頭喪氣進到博物館來，我問他發生什麼，他說那天下午系裡審核他的四年成果沒有通過，現在只有等待由學校總部及系主任等行政人員參加的第二次審核，希望是有但是很小，我勸他不要難過，同時建議明日我去見系主任談談看是否能得到他的支持，他點頭說好。

次日我去見了系主任，我向他說過去山包對工作是缺少努力，但是這半年來改進不少，這也是一般年輕人在找到第一個工作的通病，為什麼不給他一個機會，系主任沒有做聲只是點了一下頭。大約過了半個月，有天我工作很晚看看手錶已經六點了正準備回家，忽然聽到一陣陣傷心的哭聲，我走出去看看發覺是從山包辦公室發出來，門是關著的，我敲了一陣子門，門終於開了山包的眼睛哭得紅腫，我問他發生什麼事了，他說今天下午第二次審核又沒通過，除了系主任竟然沒有一個其他人支持他，他接著又大哭口裡喊著說：「我以後怎麼辦，怎麼辦呢！」我聽了也感到難過，我知道一旦被學校解聘在北美是無法找到教書工作，我只好勸他不要難過，我告訴他在香港，馬來西亞、新加坡都有英語大學，可以去那申請試試。

學期終了山包收拾了辦公室的東西，把辦公室鑰匙交給我垂頭喪氣的離開了學校，除了我一人外，沒有一人來跟他說「再見」，後來內幕消息傳來審核中山包教書評分只有二點四，在大學教課，學期終了班上所有學生要給教授評分，五分是滿分，瑪吉兒大學教授平均分數是三點四，研究方面他四年來只發表四份文獻，每份只有一頁，內容不是研究工作成果多是標本記錄及文獻記載，沒有很大的科學供獻，加之手下只有研究生一名，沒有研究經費，所以這一項也沒通過，唯一通過的是博物館的表現成果，但是多半系裡工作人員都知道完全是我替他執行任務。

大約過了四個月，有次在校園見到過去在博物館做女秘書的羅娜，她告訴我最近遇見山包，滿身酒氣，好像替農業部做零工，檢定標本，還向她借錢，我聽了知道他一定很潦倒。不久有一天山包跑來見我，氣色蒼白，身上發抖，他對我說他替人家採集昆蟲標本沒有酒精，能否借給他一瓶酒精，我猶豫一下，看他抖得厲害，於是裝了一瓶酒精給他，並對他說以後不可能再借酒精給他，他接到酒精點點頭轉身就走了。

半年後聽說他已搬到城裡去住，誰也不知道他在那兒做什麼，有位系裡研究生在公共汽車上見到他，蓬頭垢面，身發異臭。有一天接到蒙特爾市警察局打來電話，他們在山包住的公寓裡發現他已死在地上，問我們能不能知道他的親戚，我們告訴他山包有一姐姐，但不知住在何處，並建議他們在加拿大西部搜尋一下尤其是沙省，聽到這消息後，我很難過，望望窗外，正好一隻朝生暮死的蜉蝣停在窗戶上，更使我感慨萬千。

人約黃昏後

結婚第二年為了內人在醫院上班方便，我們從聖安小鎮搬到城裡的一所公寓裡，因此每日清晨我必須搭火車到聖安小鎮，然後走十五分鐘到學校上班，下了班我又由學校走原路到車站搭火車返回城裡，一年下來已經適應而不覺得辛苦，反而把身體鍛練很好，很少傷風、感冒。

有年冬天，中午有一小時空檔，我去銀行辦完事後回學校，經過菜市場旁的斜坡，見一老太太一手提著裝菜的塑膠袋，一手緊握手杖。走一步退半步，因為地面有薄冰，她為了怕跌倒在那兒掙扎，我立刻跑上去對她說：「夫人，我可以幫忙嗎？」老太太見了我如獲救星，我接過她手中的塑膠袋，一手扶著她走過這長坡，不久就到了她的住處，她感激的對我笑笑，很細聲的說了一聲謝謝，她看起來非常瘦弱，年齡大概有八十來歲。

冬去春來，接著是可愛的夏季，加拿大的夏天最舒適，不冷不熱，也不像春天雨水那麼多，尤其是這聖安小鎮空氣好又是那麼寧靜，路道兩旁的楓樹迎風搖曳，每日下了班當我慢步走向火車站，太陽已逐漸西下變得那麼柔和，真是人生一大享受。

有天下了班經過老太太的住處，見到她在一樓的涼台上半躺在一張長型摺椅上，腿上蓋著毛毯，旁邊坐著一位四十來歲的婦人，看來好像是來看顧她的，老太太看來比以前更虛弱，微微的陽光照在她稀疏的頭髮與蒼白的臉上，她見了我似乎相識，露出慈祥的笑容，我也對她笑笑招招手，此後每當我下班在回家經過老太太家門口，我們總是無言的相對笑笑和招招手。

秋涼冬來，大概近半年沒有見到老太太了，心中非常擔心老太太的身體健康，好不容易等到夏天來臨，那天下班心裡有點緊張，希望能再見到老太太，遠遠望去心中來得興奮，因為老太太的長椅又在涼台上了，我走近一看，老太太瘦得我幾乎都認不得，我向她喊了一句：「妳好嗎？」她無力的對我笑笑，大概過了兩週一連七、八天都未再見到老太太，這時正好有一中年男人從大門出來，我迫不及待的走過去向他打招呼：「先生對不起，請問你最近有沒有見到那位經常躺在涼台長椅上的老太太」，那中年男子好奇的看看我說：「你一定指的是一樓的道遜夫人，她在上週去世了，你有事找她嗎？」，我愣了一下搖搖頭說：「我們是朋友只是好久沒有見到她了」。

站在車站月台上心中有說不出的失落感，此時火車徐徐從西邊駛來，正值夕陽西下，天空一片彩霞，我看了心中卻浮出無限的惆悵。

國家圖書館出版品預行編目

落褲記 / 熊家基著. -- 臺北市 : 獵海人,
2024.12
面； 公分
ISBN 978-626-7588-06-2(平裝)

863.55　　113018720

落褲記

作　　者／熊家基
出版策劃／獵海人
製作銷售／秀威資訊科技股份有限公司
114 台北市內湖區瑞光路76巷69號2樓
電話：+886-2-2796-3638
傳真：+886-2-2796-1377
網路訂購／秀威書店：https://store.showwe.tw
博客來網路書店：https://www.books.com.tw
三民網路書店：https://www.m.sanmin.com.tw
讀冊生活：https://www.taaze.tw

出版日期／2024年12月
定　　價／290元